나에게도
햇살을

나에게도
햇살을

짧은 휴가를 떠난
엄마가 마주한 눈부신 순간들

이재영

당신만큼 예쁜 당신의 추억

얼마 전 아이가 체험학습을 떠났다. 버스와 전철을 갈
아타고 경복궁과 국립민속박물관에 다녀온다고 했다.
대중교통이라곤 한 시간씩 기다려야 오는 시외버스가
전부인 시골아이들에게 서울에 있는 경복궁까지 가는
길은 험한 것 같았다.

　가기 며칠 전부터 가슴이 조여왔다. 혹시 무슨 일
이 생기면 어쩌나, 따라가볼까, 따로 데려다준다고 말
해야 하나, 별별 생각이 다 들었다. 체험학습 전날 아이
에게 언니들 손 꼭 붙잡고 다니고, 혹시 길을 잃으면 경

4

찰 아저씨 찾아서 엄마한테 전화하라고 신신당부를 했
다. 엄마 전화번호 뭐야, 아빠 전화번호 뭐야. 다섯 살
때부터 외워온 번호를 다시 말해보라며 채근했다. 그러
면서 절대 경찰 아저씨 외의 어느 누구도 따라가면 안
된다고 한 말을 또 하고 또 했다. 급기야 아이는 일기장
에 '기분이 안 좋다. 체험학습 가는 게 너무 떨린다'라
고 써놓고 엉엉 울음을 터뜨렸다. 나도 울고 싶었다.

다음날 아침 아이는 일어나자마자 눈물을 보였다.
체험학습을 가고는 싶지만 너무 무섭다고 했다. 그제야
정신이 번쩍 났다. 아이한테 내가 무슨 짓을 한 거지.
미칠 것 같은 나의 불안을 잠재우기 위해 아이에게 불
안을 심어준 것이다. 못난 엄마. 뒤늦은 감이 없지 않았
지만, 아이에게 "할 수 있을 거야. 너무 겁먹지 말고. 언
니들 손만 꼭 잡고 가면 돼"라고 말해줬다. 아이는 조
금 안심하는 눈치였다.

학교에 도착해 아이를 교실에 들여보내고, 아이가
떠날 때까지 운동장 앞을 서성였다. 당장 따라가고 싶
은 마음을 억누르며 뒷모습이 안 보일 때까지 그 앞에
서 있었다.

긴 하루가 지나고 처음으로 엄마 아빠 없이 시외버스에서 내리는 아이와 마주했을 때, 아이는 전속력으로 달려와 와락 안겼다. 바람 냄새가 남아 있는 아이의 몸을 꼭 안으며 토닥토닥 등을 두드려줬다. "잘했어, 정말 잘했어. 장하다. 우리 딸." 그날 밤 오래도록 흔들리던 딸의 첫니가 빠졌다.

그날 이후 우리는 조금 자랐다. 이가 좀 빠져야 언니 같다고 부러워하던 딸은 '이빨 빠진 금강새'가 되고 진짜 어린이 시즌을 맞이했다. 완벽하진 않지만 나 또한 조금은 성숙한 학부모가 되어가는 중이다.

신체의 성장은 이미 멈췄지만, 마음과 정신의 성장은 아직도 진행형이라는 걸 아이를 기르면서 깨닫는다. 아, 정말 내가 살아 있구나. 어른이 되고 모든 것이 멈춰버린 줄 알았는데, 꿈과 희망, 새로운 모든 것들이 아직 세포 곳곳에서 살아 자라나고 있구나. 아이가 자라는 만큼 나도 자라면서 또 새로운 세상을 만날 수 있겠구나.

요즘 내가 내 딸의 나이었을 때 우리 엄마를 자주 생각한다. 오래된 앨범 속 앳된 스무 살의 엄마보다 막

학부모가 됐을 때의 엄마가 참 예뻤던 걸로 기억한다. 아마 엄마도 지금의 나처럼 새로운 성장기를 맞았을 것이다. 그때의 엄마는 정말 싱그러웠다. 이 사실을 조금 빨리 알았더라면 엄마에게 예쁘다고 말해주었을 텐데. 그랬다면 엄마는 아마 더 예뻐졌을 텐데. 엄마에게 하지 못한 말을 지금 우리 시대 엄마들에게, 내 친구들에게 전하고 싶다. 아이와 함께 있는 당신들이 세상 그 누구보다 아름답다고. 엄마라는 이유 하나만으로 우리는 모두 지금 전성기이다.

첫 책이 나오고 두번째 책이 나오기까지, 몇 해가 지나도록 책의 '방향'을 잡느라 갈팡질팡했다. 이름 없는 작가이니 특색 있는 스토리가 담겼으면 한다는 편집자와의 이야기에 고민이 많았다.

"요즘 워낙 비슷한 책이 많아서, 여행 에세이라도 자기소개를 딱 두 줄로 할 수 있어야 해요. 특별한 무언가가 있어야 한단 말이죠."

"나한테 특별한 타이틀이라는 건 아줌마라는 거지 뭐." 우물쭈물 둘러대며 생각했다. 그러니까 뭐 그런 게 있어야 한다는 거지? 서울대를 나오고 아이비리그 박사 학위까지 땄으나 지금은 아줌마, 세 번의 결혼 후 드디어 이제야 제대로 된 사랑을 만나 아이를 갖게 된 아줌마, 열여덟에 애를 낳고 병에 걸린 남편을 보살펴 완치시킨 아줌마. 그러나 지극히 평범한 사람에게 그런 드라마틱한 사연이 있을 리 없었다. 나는 책을 낼 수 없는 것일까?

　답답하고 고민에 찰 때마다 여행을 떠났다. 일단 떠나보자. 드라마틱한 일이 일어날지도 몰라. 어느 때는 아이를 데리고, 운이 좋을 때는 혼자서 훌쩍 이곳저곳을 떠돌았다. 하지만 늘 그랬듯 삶을 송두리째 바꿔버릴 만큼 환상적인 일은 절대 일어나지 않았다.

　그러나 세상의 소요에서 멀어지면, 신기하게도 낯선 곳의 고요 속에서 옛 추억이 되살아나곤 했다. 그때마다 꺼내 먼지를 털고 깨끗이 닦아냈다. 깔끔해진 추억 속을 들여다보니 내 삶이 곧 드라마였다. 정말 예쁘고 특별한 시간들. 그렇게 오랜 추억을 떠올리며 지금의 내가 얼마나 예쁜 시절을 살고 있는지 깨달았다. 내일이면 다시 어제의 내가 될 오늘의 나 또한 특별할 게 분명했다.

　세상 모든 엄마들이, 떠날 수 있다면 그렇게, 그것이 힘들다면 나의 이야기를 통해 그들의 추억을 꺼내 닦기를 바라는 마음으로 글을 썼다. 세상에서 비켜난 것 같지만 사실은 세상의 중심에 서 있다는 걸 알게 되기를 바랐다. 드라마틱한 사연 하나 없지만 나는 책을 낼 수 있게 됐다. 다 우리들의 예쁜 추억 덕이다. 진작에 예쁘다고 말해줄걸 그랬다.

　꽃 피고 지고 바람 불고 멎는 계절처럼 추억은 공평하다. 누구에게나 지난 시절이라 치부하기엔 아까운 빛나는 추억들이 있다. 엄마들 모두 어서 먼지 쌓인 추억을 털어내, 스스로가 얼마나 예쁜 사람인지 알면 좋겠다. 정말 그랬으면 좋겠다.

3부

4부

1부

눈부신 날들

서울 종로

"엄마 이제 제 걱정일랑 마세요. 지금까지 애쓰셨어요."

모든 육아서에는 36개월이 지나면 울던 아이가 울음을 뚝 그치고, 이렇게 말할 것처럼 이야기했다. 마법의 36개월, 그 순간이 되면 엄마도 아이도 성장해 유아기 때의 고달픈 승강이는 없을 것이라는 조언만 믿고 아이를 어린이집에 보냈다. 아이는 집에서 매일 엄마랑 심심하게 있다가 또래 친구들과 어울리는 것이 좋았는지 처음 일주일은 두말도 안 하고 아침이면 집을 나섰다. 아, 이런 날이 오긴 오는구나. 장하다 장해. 아이와 내가 기특해 일주일 동안 마음이 반쯤 붕 떠 있었다.

그런데 그 일주일이 지나자 아이가 어린이집에 가기 싫다며 울기 시작했다. 마법이 벌써 풀린 건가? 이게 무슨 일이지? 다급해진 나는 그래도 자꾸 가야 적응이 되는 거라며 억지로 등원을 시켰다.

결론은 더 심한 울음과 단호한 거부. 선생님과 상담을 해보니, 집에서만 살던 아이가 갑작스런 규율과 규칙을 견디지 못한 것이었다. 8개월 반 만에 미숙아로 태어나 힘이 없어 제대로 엄마 젖을 빨아본 적이 없는 아이는 손가락을 빠는 것으로 엄마 젖에 대한 허기를 대신했는데, 어린이집 선생님이 좋지 않은 버릇이니 고쳐주려고 했던 것이 첫번째 이유였다. 또 먼저 어린이집 생활을 시작한 아이들에 비해 눈치코치가 없다보니 그냥 제가 좋은 친구 옆에만 앉으려 하고, 작은 다툼도 견디지 못했던 것이 두번째 이유였다.

처음 이야기를 들었을 때는 집으로 돌아와 "내가 괜찮다는데 무슨 버릇을 고치겠다고 애를! 아니, 앉고 싶은 자리에 좀 앉게 해주지, 그게 뭐라고 애를!" 하며 흥분했다. "어린이집 안 보내!" 결심도 했다.

그런데 종일 내 옆에 붙어 아무것도 못 하게 하는, 36개월의 기적 따위 저 멀리 창밖으로 던져버린 아이를 보며 나는 정신을 차렸다. 좋지 않은 버릇은 고쳐야 하는 게 맞고, 질서는 지키는 게 맞으며, 사회의 한 구성원으로 살아가려면 사람과의 부딪힘도 견뎌야 하는 게 맞다. 그리고 무엇보다 나는 다시 하루 여섯 시간 숨통 트일 여유를 가져야 하는 게 맞다!

선생님을 찾아간 나는 단체생활이 처음이고, 성향이 워낙 조심스럽고 소극적인 아이이니 조금 천천히 지도해주시면 감사하겠다고 말했다. 사람은 다 제각각 다른 법인데, 우리 아이는 다른 친구들에 비해 조금 늦는 편이라 선생님이 속도를 좀 맞춰주십사고 부탁했다.

그리고 다시 일주일, 아이는 더 이상 어린이집을 거부하지 않았다. 그리고 또다시 일주일, 아이는 정말이지 완벽하다 싶게 어린이집에 적응했다. 기적은 다시 나를 찾아왔다.

아이는 안정을 찾았다. '안정'이라는 말이 이렇게 감미로운 줄 그때 처음 알았다. 안정적인 직업을, 안정적인 남자를, 안정적인 환경을 야유하며 더 불안하더라

눈부신 날들

도 자유롭고 거침없는 삶을 살고 싶어하던 나였는데, 됐고. 안정적인 것만큼 안정적이고 편안한 단어는 없다고 나이 서른넷에 세상의 중요한 이치를 깨달았다.

안정을 찾은 아이 덕에 덩달아 안정적이 된 나는 그날만큼은 집에서 좀 떨어진 곳으로 가 바람을 쐬고 싶었다. 어디로 갈까? 어디가 좋을까? 그래, 눈부셨던 시절의 나를 다시 만날 수 있는 곳으로 가자. 늘 땅에서 발을 5센티미터쯤 띄워놓고 다니던 시절의 나를.

아침 아홉 시, 어린이집에 들어가는 아이와 손을 흔들며 인사를 나누고 그 길로 종로행 버스를 탔다. 집이 인천이어서 20대 초반 약속장소는 주로 종로였다. 종로2가 하디스 앞. 지금은 없어진 그곳에 서서 참 많은 사람을 기다리고 만나고 행복해했다.

종로는 한가했다……기보다 스산했다. 출근시간을 막 지난 가을 아침 종로는 하라는 공부는 안 하고 연애에 빠진 듯한 회화학원 학생들과, 엎어지면 그 긴 코가 닿고도 남을 텐데 자꾸 나에게 인사동이 어디냐고 물어보는 몇몇 외국인들뿐이었다.

나는 만날 사람도 없이 종로2가 하디스 아니 지오다노 앞에 서서 눈부셨던 날들의 나를 돌이켜보려고 애썼다. 오빠를 오빠라고 불러도 징그럽지 않았던 나이의 나를 생각했다. 계절이 언제건 화르르 꽃잎처럼 웃던 때의 나를 더듬더듬 찾아보려 했다. 그러나 시야를 가로막는 얼싸안은 연인들이 신경 쓰여 아무것도 할 수가 없었다. 그저 멍하니 그들을 바라보는 것밖에는. 저기 허리를 감싸고 횡단보도를 건너는 애들은 알까? 〈서울〉이라는 노래가 있었는데, 이 노래를 부른 사람은 '이용'이라는 가수이고 우리는 모두 어릴 적 언젠가 종로에 사과나무가 심어지고 을지로에 감나무가 심어지면 정말 얼마나 좋을까 하는 생각을 품고 살았다는 걸.

나는 우선 걷기로 했다. 목적 없는 나들이에서는 그저 걷는 것이 제일 간단하고 편리하게 할 수 있는 일이다. 1, 2, 3으로 이름 붙여진 기다란 거리. 10여 년 전그의 팔짱을 낄까 말까, 조금만 더 걷자고 말을 할까말까 고민을 할 때도 나는 그 길 위에서 그저 걷기만했다. 유행하던 쫄티에 와이드팬츠를 입고 굽이 높은샌들을 신고 다리가 아픈 줄도 모른 채 걷고 또 걷던

눈부신 날들

길. 오래된 어학원, 오래된 선물가게, 오래된 호프집, 오래된 카페. 아직도 여전한 것들이 새로운 것들 사이사이에 숨어 아는 척을 했다.

두 다리는 그 시절의 나를 기억하는 듯 익숙하게 거리를 지났다. 3가, 2가, 1가 보신각을 지나고 교보문고로 들어갔다. 교보문고는 나에게 매우 특별한 곳이었다. 중학시절 주말이면 인천에서 의정부행 전철을 탔다. 종각역에 내려 교보문고에 가기 위해서였다. 교보문고는 좋아하는 것들로 가득한 별천지였고, 내가 나돌아다니는 걸 싫어하는 엄마에게 쉽게 허락받을 수 있는 유일한 곳이기도 했다.

지금이야 인터넷 덕에 모든 게 너무 흔하지만, 그때는 쉽게 구할 수 없는 것들이 너무나 많았다. 교과서보다 훨씬 재미있는 소설책, 갖고 싶던 음반, 구하기 힘든 악보, 다른 곳에서는 팔지 않는 고운 질감의 커다란 스케줄 캘린더, 부드럽게 써지는 색색의 일제 펜, 다양한 컬러가 비치된 각종 미술도구들 그리고 푸드코트에서 팔던 깔끔한 김밥. 중학생이었던 나는 차비에 점심값에 책도 사고 음반도 사고 노트에 펜을 사느라 매번 용돈을 탐진하고 와서는 동생들에게 방물장수처럼 서울 물건을 늘어놓고 하나씩 나눠주곤 했다. 교보문고가 있는 종로가 서울의 전부였던 때였다.

대학을 졸업하고 결혼해 서울에 살게 되면서 오히려 모든 게 시시했다. 세상엔 교보문고 말고도 신기한 곳이 많았다. 그러나 정작 한 번도 서점 나들이만큼 벅차게 다가오지 않았다. 다 비슷비슷했고 거기서 거기였다. 왜 이렇게 된 걸까? 작은 것에도 반응하던 심장이 나사못 하나가 풀려버린 것처럼 헐거워졌다.

교보문고는 조금 달라져 있었지만, 추억을 방해할 정도는 아니었다. 오래간만에 한때 나의 보물섬이었던 공간에서 지금부터라도 헐거워진 마음을 조여야겠다고 생각했다. 행복을 위해 가장 먼저 해야 할 일이 무엇인지 찾아낸 것이다. 책 몇 권을 사서 나와 다시 반대 방향으로 걸었다.

사과나무와 감나무는 없지만 그래도 종로엔 교보문고가 있고, 인사동과 조계사와 낙원상가가 있고, 무엇보다 수많은 사람들의 추억이 묻어나는, 1, 2, 3으로 이어지는 거리가 있었다. 나는 아이 없이 보내는 실로 오랜만의 반나절을 내내 걷는 데 써버렸다. 그래도 나쁘지 않았다. 아니 오히려 행복했다. 한 발짝 한 발짝 꾹꾹 눌러 걸을 때마다 함께 걸었던 사람들을 떠올렸다. 나의 열아홉 스물 스물하나 스물둘 스물셋 스물넷, 눈부신 순간을 함께하던 사람들. 그들과 함께 걷던 순간을, 다 잊힌 줄 알았던 추억을 다시 온몸으로 확인할 수 있었다. 비록 혼자였을 때처럼 누군가를 만나고 안부를 묻고 이야기를 나누고 술잔을 기울이진 못했지만, 잠시나마 다른 세상을 구경하고 온 것만으로도 가슴이 반쯤 뚫리는 기분이었다.

오늘도 무사히 어린이집 생활을 마친 아이를 데리고 나오면서 과일가게에 들러 사과를 샀다. 왠지 오늘 간식은 사과여야 할 것 같았다. 아아아아, 우리의 서울, 우리의 서울, 거리마다 푸른 꿈이 넘쳐흐르는.

사과나무, 천 년의 나무

부석사

우연히 사과나무가 장미목과라는 것을 알게 됐다. 그러니까 사과나무와 장미가 한집안이라는 사실. 공통점이라야 둘 다 새빨갛다는 것뿐이지만, 돌이켜보면 수많은 이야기에서 그 새빨갛다는 이유로 둘은 하나같이 욕망의 상징이었다.

붉은 장미와 붉은 사과의 같으면서도 다르고 다르면서도 같은 그 묘한 접점. 장미와 사과는 마치 아름다움에 목숨 걸던 이전의 나와, 어느 정도 무르익은 지금의 나와 같았다. 사과는 절대 장미가 될 수 없고, 나도 절대 다시는 풋풋하던 시절로 돌아갈 수 없다. 하지만 적어도 사과처럼 때로는 달콤하고 때로는 새콤하게 다른 사람의 목을 축여주거나 배를 채워주는 그런 사람으로는 살 수 있겠지. 그래도 어쨌거나 사과는 장미와 한 핏줄이라니까요. 우리가 사과 같아도 사실은 장미랍니다.

문득 진짜 사과나무가 보고 싶었다. 어디로 가야 할까. 사과나무를 볼 수 있는 곳을 찾아 나는 정보의 바다 위를 부유했다. 그리고 찾아냈다. 경북 영주, 부석사 가는 길. 유명한 사과의 고장. 사과나무가 가로수처럼 펼쳐진 곳.

그래, 영주로 가자. 남편에게 아이의 어린이집 등원을 부탁하고, 어린이집에 전화해 오후 추가보육을 부탁했다. 사람들은 아이 엄마가 없으면 큰일 날 듯 이야기하지만 하루쯤은 괜찮다. 하루쯤은 다른 사람들이 나를 대신해줘도 괜찮다. 엄마도 알이 단단하게 들어찬 밤송이 같은 시간을 보내도 괜찮다, 하루쯤은. 대소변을 가리고 어른과 똑같은 식단의 밥을 먹는 아이에게 엄마 없는 시간이 그렇게 힘들지만은 않을 것이다.

인사도 없이 잠에서 깨 주섬주섬 옷가지를 챙겨 입고 아파트 15층에서 땅으로 내려와, 훌쩍 부석사로 떠났다. 새벽 다섯 시, 아직은 어제와 오늘의 경계. 아침식사 대신 들숨 끝에 딸려오는 제법 차가워진 공기를 후루룩 들이마시며 출발했다.

경부고속도로, 영동고속도로, 중앙고속도로 풍기 나들목. 휴대폰에 전화번호를 입력하게 된 이후, 알고 있던 모든 전화번호의 기억을 잃은 적이 있어서 나는 내비게이션도 쓰지 않는다. 사람들은 참 어렵게 산다며 혀를 차지만, 조금 귀찮아도 지도를 찾아 길을 외우며 다니는 편이 마음 놓인다. 전화번호와 얽힌 추억처럼 길을 찾는 법을 잃어버린다면 아마도 그 길 위에서 보냈던 시간들 또한 사라질 것 같기 때문이다.

영동고속도로에 진입해 휴게소에 들러 고춧가루 솔솔 뿌린 우동 한 그릇을 먹었다. 고속도로 휴게소의 우동은 마치 기차역 대합실이나 공항 출국장처럼 일상의 나와 떠나는 나를 연결시켜준다. 여행을 떠나며 잊지 않고 고속도로 휴게소의 우동을 챙겨 먹는 건, 배가 고파서라기보다 일종의 의식 같은 것이다. 아이를 낳기 전 운전을 처음 시작했을 때, 나는 갈 곳이 없지만 미치게 떠나고 싶을 때면 회사에서 멀지 않은 만남의 광장을 찾아 우동을 먹곤 했다. 그러면 왠지 변함없는 하루가 새로워졌고 난데없이 행복해졌다.

다시 고속도로. 시속 100킬로미터로 멀쩡히 달리고 있는데도 뒤에서 똥 마려운 강아지처럼 난리법석이다. 어쩌라고, 난 속도를 지키고 싶단 말이다. 바짝 붙어 쫓아오던 자줏빛 자동차가 옆 차선을 타는가 싶더니 내 차 앞으로 휙 지나간다. 그래 너는 그러렴. 그렇게 빨리 먼저 달려가렴. 나는 내 속도를 지키며 갈 테니.

잔잔한 고속도로가 지루해질 때쯤 풍기 나들목이 보인다. 톨게이트를 빠져나와 쭉 직진, 친절하게 쓰여 있는 부석사 이정표. 처음 만난 늦가을의 영주는 노란색이었다. 개나리 노란색이나 병아리 노란색과는 조금 다르게 갈색이 약간 섞인 듯한 분위기 있는 노란색이었다. 서른넷의 내가 입어도 어색하지 않고 유치하지 않을 그런 노란색. 참 예쁘다. 우동을 먹느라 잠시 한눈판 시간까지 더하니 네 시간 남짓이다. 평일 아침 아홉 시, 원래의 나라면 어린이집에 아이를 보내고 뒤늦은 세수를 할 시간이다.

가을이면 사람들 발길을 잡아끈다는 천년 사찰은 주차장부터 고즈넉하다. 절 입구에서 일주문까지 가는 길에 사과나무를 볼 수 있다고 했다. 절을 중심으로 양쪽이 사유지인데 왼쪽은 인삼밭, 오른쪽은 사과밭이라고, 출장으로 여러 번 영주에 들렀던 남편이 말해주었다. 조금 올라가니 사과나무가 보인다. 마침내 만났다. 그림 속 사과나무들은 굵은 기둥에 우산 같은 모양을 하고, 초록잎 사이사이에 딱 알맞게 빨간색 열매를 맺고 있었는데, 실제로 본 사과나무는 생각보다 가는 줄기에 잎도 거의 떨어뜨린 채 생때같은 사과 알만 주렁주렁 매달고 있었다.

한 발치 앞에 선 은행나무는 온갖 교태를 떨며 해사한 노란 잎들을 떨어뜨리고 있는데, 축 늘어진 사과나무 가지는 안쓰럽게 겨우 버티고 있었다. 은행처럼 그저 바람결에 후두두 떨어뜨리지도 못하고, 탯줄 같은 꼭지를 기어이 부여잡고 제 가지보다 몇 배는 더 무거운 열매를 품고 있는 사과나무. 우리 엄마 같고 우리 할머니 같은 사과나무.

사과나무, 천 년의 나무

지금은 내 모양이 중한 철없는 은행나무지만 나도 언젠가 저렇게 가지가 휘어져도 품에 안고 참아내는 사과나무 같은 엄마가 될 수 있을까? 오늘은 순전히 나만의 시간을 보내려고 했는데, 그렇게도 보고 싶던 이 색다른 풍경 앞에서 난 또 엄마의 시간을 보내고 만다.

공연히 사과처럼 가슴이 뻘개져서 일주문을 지난다. 은행과 온갖 단풍들이 기다렸다는 듯 나를 어루만진다. 머리를 쓰다듬고, 등을 두드려주고, 발맞춰 함께 걸어준다. 아침 절집의 고요를 온몸으로 느끼며 천왕문을 지나 무량수전 앞에 섰다. 극락세계에 살면서 중생에게 자비를 베푸는 아미타불을 모신다는 무량수전. 그래서인지 석가모니불을 모시는 대웅전과 사뭇 다른 분위기이다. 대웅전이 늠름한 남자라면 무량수전은 아름다운 여인 같달까?

천 년 된 목조건물답게 부석사는 온통 나무였다. 무량수전 또한 그랬다. 비례에 맞춰 촘촘히 맞대고 있는 나무들은 언제라도 화르르 제 몸을 태워 재가 될 준비가 되어 있는, 결기 가득하고 때 묻지 않은 청년 같았다. 아니 활활 타올라 없어져버려도 마음만은 변치 않겠다는 연인의 뜨거운 사랑 같았다. 어떤 일이 벌어져도 스스로를 지켜낼 것 같은 돌이나 시멘트가 아니라 한없이 여리면서도 고집스럽게 단단한 나무로 된 무량수전은 순수 그 자체였다.

시멘트를 물에 이겨 만든 15층짜리 아파트를 떠난 지 네 시간 만에 천 년을 버텨낸 깨끗한 나무 건물 앞뜰에 그렇게 홀린 듯 서 있었다. 그러다 '無量壽殿무량수전'이라고 쓰인 현판이 눈에 들어왔다. 7백여 년 전 공민왕이 썼다는 현판이었다.

아, 사랑을 아는 남자. 원나라의 지배에서 벗어난 개혁군주라고들 하지만 나는 이상하게 공민왕 하면 로맨스가 떠올랐다. 원의 간섭에서 벗어나지 못했던 그즈음의 고려 왕들처럼 그도 정략결혼을 해야 했지만, 그럼에도 공민왕은 원나라 출신 노국공주를 사랑했다. 공민왕에게 노국공주는 적국의 공주 이전에 사랑하는 아내였다. 그런 그녀가 어렵게 가진 아이를 낳다가 죽어버린 후, 공민왕은 아내를 잊지 못해 초상화를 벽에 걸어두었다고 한다. 벽에 걸어두고, 그렇게 울었다고 한다. 이런 이야기 때문인지 공민왕은 근엄한 왕의 이미

사과나무, 천 년의 나무

지보다 사랑하는 아내를 잃고 내내 그리워하던 절절한 사랑의 주인공으로 더 친근하다. 서체는 그 사람을 말해준다고 했다. 내 눈에 비친 현판의 서체는 사랑이라는 단어처럼 부드럽고 따뜻했다.

사랑, 부석사라는 이름의 시작은 사랑이었다고 한다. 의상대사를 향한 선묘낭자의 애끓는 사랑의 징표. '浮石부석'은 뜬돌이라는 뜻이다. 의상대사가 당나라 유학길에 머물렀던 한 신도의 집에서 만난 선묘낭자는 신도의 딸이었다. 선묘는 한눈에 의상에게 반했으나 승려의 몸인 그를 지켜보아야만 했고 그가 인사도 없이 떠난 날 항구에 서서 이렇게 빌었다고 한다. "내 몸이 용으로 변하여 저 배를 지켜 무사히 신라 땅에 닿을 수 있게 해주옵소서." 그러고는 바다로 몸을 던져 용이 됐다고 한다. 후에 의상대사가 지금의 자리에 터를 잡고 화엄교를 펼치려는데 이교도인 원주민들의 방해로 순조롭게 진행되지 않았다. 그때 용으로 변신한 선묘낭자가 다시 바윗돌로 변해 제 몸을 던져 이교도들을 모두 흩어버렸다. 선묘낭자 아니 용이 된 선묘낭자가 다시 변신한 바윗돌은 그 뒤로 땅에 닿지 않고 뜬 채로 계속해서 의상대사를 지켰다고 하는데, 그 뜬 바위가 부석이다. 부석사에 얽힌 사랑 또한 공민왕의 그것만큼 애틋하다.

부석을 보러 가기 전 무량수전 배흘림기둥을 바라보다 잠시 손을 대본다. 천 년이란 가늠할 수 없는 세월을 보낸 나무기둥의 고운 질감이 산 세월을 손으로 꼽는 아이의 살결 같다. 매끄러운 나무기둥, 이 기둥을 스친 사연들을 생각해본다. 천 년 전, 5백 년 전, 3백 년 전, 아니 30년 전, 어떤 이유로 이 기둥에 기대었을까? 사람 사는 게 다 거기서 거긴데 천 년 전의 어느 누군가도 나처럼 사과나무를 핑계로 일상을 버리고 달려와 잠시 쉬었다 가지 않았을까? 천 년이라는 아득한 세월이 부채를 접듯 일순 손에 잡히는 기분이다.

최순우 선생의 『무량수전 배흘림기둥에 기대서서』에 이런 구절이 있다. "소백산 기슭 부석사의 한낮, 스님도 마을사람도 인기척도 끊어진 마당에는 오색낙엽이 그림처럼 깔려 초겨울 안개비에 촉촉히 젖고 있다. 무량수전 배흘림기둥에 기대서서 사무치는 고마움으로 이 아름다움의 뜻을 몇 번이고 자문자답했다."

사과나무, 천 년의 나무

비록 초겨울 안개비는 없었지만 앞뜰 위에 떨어진 낙엽과 안양루 너머 보이는 소백산맥의 부드러운 능선, 모든 것이 아름답다. 책에서 배운 소백산맥과 천 년의 세월을 이겨낸 부드러운 나무기둥에 기대어 바라보는 소백산맥은 이름만 같을 뿐 전혀 다른 사람처럼 낯설다. 눈 안에 들어오는 꿈 같은 풍경. 갑자기 그 너머 그 너머 너머 너머 너머 있을 내 열매가 그립다.

괜히 마음이 급해져서 내려오는 길, 도도하게 자리를 지키고 있는 노오란 은행나무를 지나 사과나무 옆을 걸으며 천 년이 지나도 기대어 쉴 수 있는 나무 같은 엄마가 되었으면 좋겠다고 바란다. 당장 코끝이 찌르르한 장미향보다는 은은한 사과향을 가진 엄마가 되기를 꿈꿔본다. 이제 집으로 가 사과 같은 아이의 뺨에 떨어져 있던 시간만큼 뽀뽀를 해줘야겠다.

예쁘다고 말해줄걸 그랬어

우리 학교

"나 싫어!"

활동하기 편하게 바지를 입히려고 하니 아이가 꽥 소리를 지른다. 벌써부터 멋을 아는 건지, 치마 아니면 안 입겠다고 생전 안 쓰던 떼를 쓴다. 하긴 며칠 전 어린이화장품을 꺼내와 얼굴에 핑크색이며 보라색으로 각설이 분장을 할 때부터 알아봤어야 했다. 그래도 37개월, 아름다움을 말하기엔 너무 이른 나이 아닌가?

"언니들도 치마 입고, 친구들도 치마 입었어!"

그래, 알았다. 다른 친구들이 예쁘게 하고 온 게 샘

이 났나 보구나. 너도 예쁘게 입고 예쁜 짓 많이 해라. 다시 옷장으로 가 치마며 타이즈를 꺼내와 입히는데 문득 진희 생각이 났다.

진희는 예뻤다. 입학식 날 똑같은 옷을 입고 서 있는 우리 중에 단연 빛났다. 키가 큰 진희는 키도 크고 몸도 큰 나와 앞뒤 번호였다. 앞에 서 있던 일반적인 사이즈의 조그마한 아이들은 수군댔다. 강진희랑 이재영, 중학교 때 일진이었대. 3일 동안 우리에게 아이들이 말을 걸지 않았다. 몸이 크다고 다 힘이 센 건 아닌데, 얼굴이 예쁘다고 다 '날라리'는 아닌데, 아이들은 철석같이 그렇게 믿었다.

우리는 둘 다 허리까지 오는 머리를 잘라야 했다. 백발머리의 학생주임 선생님이 입학식날 몽둥이를 들고 우리 둘의 머리카락을 휘적거리며 내일 당장 '귀밑 3센치'로 자르고 오라며 고함을 쳤기 때문이다. 숱도 많고 곱슬거리면서 뻣뻣한 삼박자를 고루 갖춘 내 머리카락. 자르자마자 머리카락은 풍선처럼 부풀어올랐다. 온몸에 단 하나 작은 부위인 귓바퀴가 내 머리숱을 감당하지 못했다. 나는 밤새 눈물을 흘렸고, 다음날 아침

머리카락만큼 얼굴도 부어 있었다. 괜찮아, 강진희도 잘 랐을 텐데 뭘. 위안하며 학교에 갔는데, 진희는 예뻤다. 짧은 머리의 진희는 긴 머리 진희만큼 예뻤다. 털썩.

어느 누구도 함께 밥을 먹으려고 하지 않아 나는 진희와 함께 밥을 먹었다. 키가 큰 진희는 도시락이 작 았다. 키도 크고 몸도 큰 내 도시락은 밥도 많고 반찬도 많았다. 속도와 양의 차이, 그 간극을 견디지 못하고 각 자 친구들을 사귄 뒤로는 함께 밥을 먹지 않게 됐다.

진희는 예뻤다. 마르고 긴 다리를 가진 진희는 교 복을 짧게 올려 입으면 치마가 네모반듯했다. 올라갈수 록 두툼해지는 다리를 가진 내가 진희를 따라 교복을 올려 입었더니 대문자 A 모양이 됐다. 엄마 아빠 미워. 나는 다시 치마를 내렸다. 여름이면 하얀색 교복 블라 우스 소매 아래로 나온 진희의 팔은 가늘었다. 살랑살 랑 흔들리던 진희의 팔.

그런데 난 한 번도 진희에게 예쁘다고 말해주지 않 았다. 대신에 늘 놀려대기 바빴다. 소녀시대 멤버가 된 대도 손색없을 종잇장 몸매의 진희가 가지고 있는 단 하나의 약점은 머리숱이 없다는 것이었다. 단발머리를

예쁘다고 말해줄걸 그랬어

하고 가운데 가르마를 탔는데 그 주위가 늘 횅했다. 그게 뭐 약점이나 된다고, 흑채도 있고 하이모도 있는데 거기에 비하면 내가 가진 약점이 구만리 너머까지 늘어놓을 만큼 많은데. 그때 난 이래도 예쁘고 저래도 예쁜 진희가 부러워 늘 '8차선 도로 가르마'라며 놀렸다.

진희는 그때마다 씩 웃고 말았다. 한 번도 화를 낸 적이 없다. 가진 자의 여유였을까? 아니 진희는 예쁘고 착하기까지 했다. 이유 없이 "머리카락 조심해, 내 머리 좀 심어줄까?" 놀리는 나를 보며 진희는 그냥 호호호호 웃었다. 어디라도 그 웃음소리를 들으면 진희를 찾을 수 있을 정도로 늘 그렇게 웃었다. 이상하게 귀로 듣고 코로 냄새를 맡은 것들은 쉽게 잊히지 않는다.

가끔 내가 제대로 나이 먹고 있구나 느끼는 건, 예쁜 건 예쁘다 하고 모르는 건 모른다 하는 나를 발견할 때다. 그저 나이가 많아서가 아니라, 스스로를 제대로 볼 줄 알아야 비로소 어른인 것 같다. 그때는 왜 그걸 그리 못 했는지. 끝내 진희에게 예쁘다는 말을 해주지 못했다.

나는 문득 혹시라도 진희를 만날까, 아니 그럴 리

는 없겠지만 그래도 옛 생각을 멈출 수 없어 훌쩍 옛 학교를 찾아갔다. 지하철로 한 시간 삼십 분, 열차가 역을 한 칸씩 앞당길 때마다 기억도 뒤로 한 걸음씩 물러섰다. 역 하나를 지날 때마다 1년씩 거슬러 올라가며 열여섯의 나와 점점 가까워졌다. 그때, 친구들과 나누었던 부질없는 약속들이 떠올랐다. 재채기처럼 쉽게 드러났던 짝사랑이 떠올랐다. 운동장 스탠드에서 듣던 음악과, 도서관에서 빌려 읽은 책의 한 구절이 떠올랐다. 철없이 외쳤던 다짐들이 떠올랐다. 죽을 듯 괴롭던 작고 작은 고민들이 떠올랐다. 오로지 나만을 위해 펼쳐져 깨끗하고 화사했던 하루하루가 어제 일처럼 스쳤다.

1호선 이 끝에서 저 끝까지 가는 동안 제법 많은 일들이 생각났다. 살 빼겠다고 야간자율학습 시작 전에 모두 운동장에 나와 맨손체조를 하던 기억, 맨손체조하며 힘들다고 다시 과자를 한 아름 쌓아놓고 먹으며 공부하던 기억, 우리끼리 준비했던 어설픈 축제, 선생님 몰래 하던 미팅, 쓰지 않는 교실에 들어가 전기냄비에 몰래 끓여 먹던 라면, 밥 잔뜩 먹고 간식 삼아 '둥지칼국수'에서 칼국수 먹으려고 맞아죽을 각오를 하고 넘던

예쁘다고 말해줄걸 그랬어

담(맞는 건 참아도 못 먹는 건 참을 수 없던, 아 그때 그 시절이여), 점점 작아지던 교복 치마, 가게 딸린 단칸방에 우리를 숨겨주곤 했던 학교 앞 문방구 언니, 더럽고 지저분하며 우악스런 여고생들에게 질려 결국 선생님의 길을 포기한 선생님, 소풍, 수학여행, 시험, 하나하나가 떠올랐다.

다시 열여섯 살이 되고 싶었다. 그때 나는 20년 뒤의 내 모습은 상상할 수조차 없었다. 먼 훗날 나의 모습은 열여섯의 그때와 크게 다르지 않을 것 같았다. 똑같은 친구들을 만나고, 비슷한 일상을 더 멋지게 살지 않을까 막연하게 생각했다. 그 시절 집요하게 미래를 떠올리려 애쓴 건 딱 한 번이었다. 과연 어떤 남자일까, 미래의 배우자가 궁금했다. 친구가 시킨 대로 과도를 입에 물고 밤 열두 시에 화장실 거울 앞에 섰다. 혹시나 실망스런 모습일까 무서워 눈을 감은 채로 과도를 내려놓았지만, 만약 그때 눈을 떠 거울을 봤다면 지금 남편의 모습이 보였을지도 모른다. 그리고 난 많이 울었겠지!

학교는 조금 작아진 것 같았다. 아마도 늘 제멋대로인 기억이 원래의 크기보다 확대 저장했기 때문이겠지.

그래도 여고생들에게 굵은 다리의 원흉이었던 언덕길만은 그대로였다. 헐레벌떡 뛰어올라와 마주치면 움찔 놀라던 학생주임 선생님이 늘 서 있던 그 자리 옆 커다란 거울도 그대로였다. 축구 골대도 그대로였고, '야자'를 튈 때 자주 이용했던 쪽문도 제자리에 있었다. 아직도 옆 학교 남학생들이 저 문을 넘어 방석을 훔치러 올까? 여학생들은 그럴 줄 미리 알고 알록달록 예쁜 방석을 준비해 몰래 어느 구석에 자기를 알릴 수 있는 표시를 해놓을까? 그 와중에 누군가는 아무도 방석을 가져가지 않았다고 방석처럼 부어터진 입으로 하루를 보낼까? 어느새 눈앞에 익숙한 풍경이 펼쳐지는 것 같다. 교정을 천천히 걸어본다.

합창대회와 축제를 하던 강당을 지나, 매점. 그때는 10분 만에 뛰어가 사고 먹고 다시 뛰어오는 게 가능했는데, 지금 보니 생각보다 꽤 먼걸? 파트너 없이 포크댄스를 배우던 무용실도 보이고, 창문을 열어놓은 1학년 교무실과 양호실. 생리통은 왜 그렇게 심했는지, 수업을 빼먹어야 한다는 사실보다 하필 사모하던 선생님 수업시간에 양호실에 누워 있어야 하는 게 미칠 것같이

예쁘다고 말해줄걸 그랬어

심란했던 우리들. 감정을 숨기지 못해 금방 울고, 금방 웃고, 금방 아프고, 또 금방 일어나 달리던 우리들.

저 위로 3학년 우리 반 교실이 보인다. 우리는 그 교실에서 한 가지 약속을 했다. 10월 31일 국어, 담임선생님 수업시간이었다. 그날은 아침에 버스 기사 아저씨가 틀어놓은 라디오부터 학교 방송까지 이용의 〈잊혀진 계절〉을 적어도 세 번 이상 들어야 하는 10월의 마지막 날이었다. 우리는 능수능란하게 그 핑계를 놓치지 않고 수업을 거부했다. 지금도 기억하고 있는 마지막 사랑 이야기를 해달라고 떼를 썼다. 만우절, 첫눈 오는 날과 더불어 수업거부 가능한 3대 축일이었던 가을바람에 낙엽이 떨어지던 10월의 마지막 날. 담임선생님은 처음엔 조용히 하고 책을 펴라고 했지만 결국 수업한 시간을 통째로 비워주었다. 그리고 사랑 이야기 대신 우리의 미래에 대한 이야기를 해주었다.

마치 다 알고 있다는 듯, 너희들이 지금 이렇게 똘똘 뭉쳐 죽고 못 사는 것처럼 굴지만 10년이 지나면 저 사느라 바빠 내 짝꿍이 누구였는지 가물거릴 거라고, 우리가 보낸 시간 같은 것 '잊혀진 계절'처럼 다 잊힐 거라고 했다. 듣기만 해도 눈물이 날 것 같은 얘기를 아무렇지도 않게 했다.

노래 탓인지, 계절 탓인지 가뜩이나 말랑말랑해 있던 우리들은 울기 직전의 아이처럼 발끈해서 소리쳤다. "아니에요! 우리는 계속 만날 거예요!"라며 우겼다. 그러자 선생님은 지나가는 말처럼 한마디. "그래? 그럼 10년 후 오늘 여기서 다시 만나자. 그때 너희들이 기억하고 나오는지 어디 보자."

그리고 정확히 10년 후 10월 31일. 우리는 다시 만났다. 전부 다는 아니었지만 그래도 열 명 남짓한 친구들이 기억하고 학교 교정에 서 있었다. 어떤 친구는 꼭 오고 싶었는데 회사일로 올 수 없게 됐다며 연락을 해 왔다. 그날의 약속은 〈잊혀진 계절〉과 함께 10년 동안 10월 31일에 기억을 타고 찾아왔을 것이다. 졸업을 하고 10년 동안, 20대를 보내면서 그 약속은 이 세상을 잘 살아야 할 작은 이유가 되어주었다. 10년 후에 우리 다시 만났을 때, 웃으며 지난날을 이야기할 수 있는 삶을 살아야겠다고 생각했다.

사실 선생님과 약속을 하면서 10년의 약속이 지

켜지는 날 〈죽은 시인의 사회〉의 한 장면 같은 감동적인 장면이 연출될 거라고 짐작했다. 졸업을 하면서 우리 다시 만나서 멋지게 '카르페 디엠'이라고 외치자고도 했다. 그때의 우리라면 충분히 그럴 것이었다. 그러나 10년 후의 우리는 예상과 다르게 모두들 차분했다. "무슨 일 하니?" "결혼은 했고?" 약속을 기억하며 사는 사이, 슬프게도 우리는 어른이 되어 있었다.

선생님이 옳았다. 약속장소에 나타난 우리는 더 이상 그때의 우리가 아니었다. 그날 우리는 더 이상의 약속을 하지 않았다. 다시 슬프고 싶지 않았을 것이다. 그저 각자의 추억 안에서 발랄했던 그 시절 그대로의 모습으로 살고 있기를 원했을지도 모른다. 지금 다시 10년이 흘렀다.

이렇게 내 열여섯은 흔적도 없이 사라졌고, 그 10년에 또 10년이 지난 이 시점에서 어쩌면 나는 영영 진희에게 예쁘다는 말을 해줄 수 없을지도 모르겠다. 쉬는 시간 종이 울린다. 풋풋한 열여섯들이 쏟아져나온다. 나는 진희 대신 후배들에게 칭찬을 건넨다.

"너희들, 참 예쁘다!"

넌 내 이불이 아니야

울산바위

속초 바닷가로 떠나는 길이었다. 미시령 고개 넘어 잠시 울산바위가 보이는 전망대에 차를 세웠다. 우리 모녀는 대치 중이었다. 오랜만에 제이슨 므라즈를 들으며 고갯길을 넘고 싶은 엄마와, 차만 타면 '어젯밤에 우리 아빠가!' '파란 나라를 보았니!' '화창한 봄날에, 코끼리 아저씨가!'를 외치며 동요를 불러대는 딸의 신경전이 있었다. 결국 30분씩 번갈아가며 듣기로 했는데, 상대의 음악이 나올 때마다 이어지는 냉랭한 침묵.

분위기 전환 좀 하자 싶어, 전망대에 차를 세우고

내렸는데 6월의 숲에서 불어오는 시원한 바람을 맞으며 전망대에 앉은 여섯 살 딸이 "엄마, 우리 '와해'하자"라며 먼저 손을 내밀었다. '님'이라는 글자에 점 하나를 찍으면 '남'이 된다는 전국노래자랑 단골 노래가사가 생각나는 '와해'란 말에 쿡 웃음이 터져나왔다. 우리는 와해, 아니 화해하기로 했다.

그러고 나서 이것저것 살피는데 울산바위 현판을 보니 울산바위의 한자 '울鬱'이 딸애 이름인 '울창할 울'이었다. 획수가 29획이나 되는 어려운 한자라 좀처럼 찾아보기 힘든데 반가웠다. 울산바위에서 '울'은 울타리처럼 둘러싸여 있는 모양이라고 해서 둘러싼 울로 쓰이고, 우리 아이 이름 속에서는 울창하다는 의미로 쓰인다. "여기 우리 딸 울 자 있다!"

아이를 어렵게 가졌을 때 우리는 태명부터 이름까지 몇 날 며칠을 고민했다. 돈을 주고 지은 이름보다는 우리의 가치관을 담은 이름이었으면 좋겠다고 생각했다. 의견이 오고 간 끝에 살면서 꼭 가졌으면 하는 두 가지, 만족과 집중의 앞머리를 따서 태명을 '만집'이라고 지었다. 이름은 웃음이 숲을 이루는 사람이라는 뜻을 넣어 지었다.

　이름을 짓고 얼마나 뿌듯했는지 모른다. 사실 나는 이름에 대한 집착이 좀 있다. 이름은 그냥 말이 아니다. 부르는 것만으로 그 사람 혹은 장소 혹은 물건의 이미지를 결정한다. 의미도 의미지만 입을 통해 나오는 소리의 느낌도 중요하다.

　우리 아빠는 이걸 놓쳤다. '재영'은 정말이지 가뜩이나 큰 골격을 물려줘놓고 지어주면 안 되는 이름이었다. '영'이 들어가는 수많은 여자들의 이름 중에서도 매우 늠름해 보이는 느낌이니까. 엄마의 증언에 의하면 아빠는 "공깃밥 추가!"와 별다를 것 없는 고민 싹 뺀 말투로 "돌림자인 재在 자를 써서 아들이면 길 영永, 딸이면 꽃뿌리 영英!"이라고 외쳤다고 한다.

　본인의 이름에 콤플렉스가 있어 지금까지 총 세 차례 이름을 수정해 딸들 결혼식 때마다 아이돌처럼 본명 뒤에 괄호를 치고 예명을 넣어야 했던 우리 엄마는 내 이름을 '봄'이라고 짓고 싶었지만 아빠가 하도 완강해 어쩔 수 없었다며 미안해했다. 그때 엄마가 승기를 쥐고 '봄'이라고 지었다면 봄 같은 모습으로 살 수 있었을까?

지금도 누가 '이재영 씨'라고 부르면 움찔하는데 사춘기 때는 정도가 심해서 처음 만난 남자애들에게 '이채영'이라고 거짓말을 하기도 했다. 점 하나 찍었을 뿐인데 이미지가 얼마나 다른지, 누군가가 채영이라고 불러줄 때마다 살이 5킬로씩은 빠지고 여드름이 확 들어가는 기분이었다.

출생의 비밀만큼 가슴 아픈 이름의 비밀 때문에 이름에 집착하는 나는 요즘 우리 딸이 정말 부럽다. 발음도 예쁘고 뜻도 예쁜 이름. 여행 갈 때마다 공항 직원들에게 예쁜 이름이라고 칭찬 한 마디씩 꼭 듣는다. 이런 보람, 우리 엄마 아빠도 느껴봤으면 참 좋았을 텐데 안타까운 마음 금할 길 없다!

울산바위라는 이름의 유래는 울타리 모양의 바위라는 것 외에 또 하나가 있다. 옛날 조물주가 이 나라를 만들 때 금강산의 경관에 특히 신경을 썼다고 한다. 그래서 전국 팔도에 잘생긴 바위를 모두 금강산으로 모이도록 불렀다. 저 아래 지역인 경상도 울산에 있었던 큰 바위도 행렬에 참가했다. 그런데 워낙 덩치가 크고 몸이 무거워 움직이는 게 쉽지 않아 천천히 걷다가 설악산에서 잠시 쉬기로 했는데 이미 먼저 도착한 바위들로 금강산이 다 만들어졌다는 소식을 들었다고 한다. 그래서 울산바위는 금강산에 가보지도 못하고 그냥 설악산에 주저앉았다는 그런 아주 드라마틱한 전설이 전해온다. 믿거나 말거나.

저 너머 산등성이 웅장하게 자리 잡은 바위가 한눈에 들어왔다. 금강산에 가 한자리 차지하는 게 꿈이었을 텐데, 설악산에 발이 묶여버렸네, 나처럼. 그래도 사람들의 칭찬받으면서 설악산이라는 세상에서 자리 잡고 잘 살고 있구나, 나처럼. 금강산 아니면 어떠냐, 어디든 내가 나를 버리지 않고 단단히 버티고 살면 그게 성공한 삶이지. 그런데 나의 꿈은 뭐였더라? 이제 꿈을 꾸는 것보다 버리는 것에 익숙한 나이 때문인지 쉽게 떠오르지 않았다. 아니 꿈은 떠올려야 알게 되는 성질의 것이 아니다. 결국 나에게는 별다른 꿈이 없다는 사실을 다시 한번 확인했다. 조금 슬퍼졌다.

위로받을 심산으로 세상 전부를 꿈꿀 수 있는 여섯 살 딸의 꿈을 물었다. 그 자리에서 두 번 세 번씩 바뀌

넌 내 이불이 아니야

는 변덕스러운 꿈이지만 그래도 아이의 꿈을 듣는 건 동화책을 읽는 것처럼 재미있고 즐거운 일이다.

"꿈이 뭐야?" "〈화창한 봄날에〉를 잘 부르는, 노래하는 사람이 될 거야." "우와, 노래하는 사람, 멋지다!"

아주 짧은 순간 나는 생각했다. 노래하는 사람이 되면 참 좋겠구나. 게다가 〈화창한 봄날에〉를 잘 부르는 사람이라니 화창한 일만 일어나겠구나. 그런데 노래하는 사람이 되는 건 정말 어려운데, 걱정도 들었다. 하지만 나는 안다. 얼마 지나지 않아 또 다른 재미있는 것에 양보할, 유통기한이 길지 않은 꿈이라는 걸. 그래도 한번 상상을 해봤다. 아이가 노래하는 사람이 되어 다른 '노래하는 사람'들과 함께할 꿈을. 찬란한 청춘을 누구보다 재미나게 보낼 아이를. 언젠가는 그런 아이를 통해 아이 주변의 청춘들과 나도 어울릴 꿈을. 살며시 아이의 꿈에 내 꿈을 포갰다.

그러다 퍼뜩 정신이 들었다. 지금 내가 무슨 생각을 하고 있는 거람. 딸의 꿈은 딸의 꿈일 뿐인데. 딸의 청춘은 딸의 청춘일 뿐인데. 딸의 사람은 딸의 사람일 뿐인데. 내가 왜 엄마라는 이유로 딸아이와 당연히 공유

할 거라고 생각했을까?

나는 딸아이의 울과 똑같은 울로 시작하는 울산바위 앞에서 맹세했다. 걱정 말라고. 많이 친절하지도 많이 따뜻하지도, 많이 섬세하지도 않은 모자란 엄마지만 이것 하나만은 지키겠다고. 절대로 아이의 인생을 내 인생의 이불로 만들지는 않겠다고. 나의 안락함과 편안함을 위해 아이의 인생을 사용하지 않겠다고. 정말 부럽고 안타깝긴 하지만 나는 재영이니까.

울산바위 전망대를 빠져나와 재영이의 인생 어느 하루를 위해 다시 차를 몰았다. 속초로 가 대포항에 들러 재영이라는 이름과 참 잘 어울리는 커다란 새우튀김 만 원어치를 사서, 재영이답게 외옹치항 자매집으로 가 쫄깃한 회에 새우튀김을 배가 터지도록 먹었다.

바다는 고요했다. 아이의 인생 속에서 박제되지 않겠다고 결심한 나를 환영하는 듯 두 팔을 넓게 벌리고 천천히 처얼썩 반가운 인사를 보냈다.

넌 내 이불이 아니야

어린이가 어린이로 살아가려면

대관령 산골학교

이제 곧 학교에 갈 나이가 되어서인지 아이는 작은 것도 놓치지 않고 호기심을 갖는다. 7년 평생 신나게 노는 것에만 열중했는데 이제 '학생'이 된다.

초등학교에 입학한 유치원 선배 언니를 만나고 와서 언니처럼 학교에 가고 싶다는 아이에게 "그럼 이제 못 놀아"라고 말해놓고 다시 생각해봤다. 왜 학교에 들어가면 놀지 못하는 것일까? 학부형이 된 친구들 이야기를 들어보면 삶이 너무 팍팍하고 힘겹다. 아침부터 밤까지 아이 수발드느라 어찌나 바쁜지 듣는 것만으로 숨이 찬다.

아침 일찍 일어나 학교 보내고, 아이가 학교에서 공부하는 사이 엄마들은 녹색어머니 옷을 입고 골목길을 지키고, 앞치마를 두르고 급식 검수를 하고, 수업이 끝나면 교실 청소를 한다. 그사이 아이는 방과 후 수업을 받거나 학원으로 간다. 집으로 돌아오면 간식을 먹고 다시 학원에 가거나, 학습지 혹은 인강을 듣는다. 자기 전 책 한 권을 읽고 방학이면 영어캠프는 필수. 이걸 초등학교 들어가자마자 한다. 아니 이걸 초등학교에 들어가면서 시작하면 이미 늦었다는 것이다. 오. 마이. 갓.

먼저 학부형이 된 친구들을 만나 교육에 대한 이야기, 학교에 대한 이야기를 들으면서 아직은 쌀쌀하던 초봄의 대관령이 떠올랐다. 그때 대관령행은 사실 여행이 아니었다. 어느 기업이 산골도서관에 책을 전달하는 것에 관한 기사를 쓰는 일이 들어와 떠난 출장이었다. 같은 곳으로 가는 것이라도 여행길과 출장길은 묘하게 다르다.

여행을 떠날 때는 시야가 한껏 확장되는 반면 출장

어린이가 어린이로 살아가려면

을 갈 때는 웬일인지 눈동자가 쪼그라든다. 눈에 뭔가
를 담기는커녕 머릿속으로 후딱 일 끝내고 돌아갈 생
각만 가득한 여정. 갑작스럽게 잡힌 일 때문에 여기저
기 맡겨진 아이를 찾아 얼른 집으로 돌아가야 한다. 지
나는 길에 어떤 풍경이 펼쳐졌는지도 잘 기억하지 못하
니 출장은 여행으로 치지 않는다.

그런데 그날은 출장임에도 풍경을 고스란히 눈에
담았다. 마음이 바뀌어서는 아니고 살기 위해서였다.
산골학교에 가기 위해 대관령 고개를 넘어야 하는데
안개가 심해서 속도를 전혀 낼 수 없었다. 자동차를 걷
듯이 몰아야 했다. 그렇게 천천히 움직이며 풍경을 꾹
꾹 눈에 제대로 담지 않으면 자욱한 안개 속으로 영영
사라져버릴 듯, 눈앞의 것만 겨우 보일 정도로 뿌연 길
이었다. 사고가 날까 불안한 내 마음처럼 자동차도 그
렇게 울컥울컥했다.

하지만 신기하게도, 눈앞의 풍경만은 선명해졌다.
양 옆의 큰 나무를 지나니 뜻밖의 꽃무리가 나오고 겨
울과 가까운 봄인데도 연둣빛 나뭇잎이 무성했다. 그러
더니 이내 다시 겨울이 온 듯 황량한 나뭇가지가 보였

다. 나 잡아봐라, 나 잡아봐라, 숨바꼭질하는 양 모습이 보이지 않는 새들이 여기저기 소리를 내며 울었다.

그냥 지날 때는 보지도 듣지도 못했던 것들이었다. 대관령이 이렇게 신비로운 곳이었나. 진짜 대관령의 속살을 들여다보는 것 같아 묘한 흥분과 설렘이 교차했다. 왠지 이 안개의 끝에 무사히 당도하면 팀 버튼의 영화나 미야자키 하야오의 애니메이션 속 세계로 빠져들 것 같은 신비로움이 밀려왔다.

살면서 여러 번 발걸음을 하면서도 보지 못한 대관령의 새로운 모습에 감탄하며 안개의 끝에 다다랐을 때, 내 눈앞에는 비어트릭스 포터의 그림책 속 같은 풍경이 펼쳐졌다. 산으로 빙 둘러싸여 있는 포근한 마을의 정경. 한 번도 살아보지 않은 어느 시간에 뚝 타임슬립이라도 한 것 같은 기분. 산 아래 둘레길을 돌아가니 호숫가가 펼쳐졌다. 그림책 한 장을 넘기는 것 같았다. 자 다음 내용은 무엇일까, 호기심에 차 목적지를 향해 달렸다. "여기, 초등학교가 어디인가요?" "저 앞이에요." 차는 아름드리 벚나무가 만들어낸 터널을 지나 운동장으로 빨려들어갔다.

강원도 강릉시 왕산면 도마리에 있는 왕산초등학교는 아름다웠다. 동화 속 배경 같은 그곳엔 백 년이나 됐다는 아름드리나무가 있고, 그 옆에는 작고 귀여운 도서관이 있었다.

자욱한 안개를 헤치고 올 만한 그럴 가치가 충분한 풍경이었다. 풍경에 압도 한동안 넋이 나가 있다가 정신을 차렸다. 아, 일하러 온 거였지. 약속한 책을 건네고, 사진을 찍고, 아이들과 이야기를 나누며 취재를 마쳤다. 이렇게 좋은 곳이 있다니, 다시 한번 감탄하며 돌아서는데 도서관 선생님이 두꺼운 돗자리를 들고 와 나무 아래 펼쳤다.

"얘들아!" 운동장에서 뛰어놀던 열 명 남짓의 전교생이 선생님이 부르는 소리를 듣고 우르르 뛰어와 돗자리에 누웠다. "봄에 꽃이 피면 여기서 꽃잎이 막 떨어져요." 봄이 되면 꽃터널 아래 누워 얼굴 가득 꽃비를 맞는다는 아이들은 아직 이른 초봄, 꽃구경 대신 눈으로 새를 좇았다. 하늘을 보고, 구름을 보고, 어제보다 조금 더 진해진 나뭇잎 사이를 날아다니는 새를 봤다.

아이들은 입시의 출발에 선 학생이 아닌 제 나이에

배워야 할 것들 것 온몸으로 익히는 어린이였다. "아 행복해." 친구들과 함께 있을 수 있고, 도서관에서 마음껏 책을 읽을 수 있어서 행복하다는 어린이가 그곳에 있었다.

이곳으로 꼭 다시 여행을 오고 싶었다. 출장은 여행이 아니었고, 백 년 된 나무 아래의 도서관을 출장으로만 만나기엔 너무 아쉬웠으니까. 봄이 무르익을 무렵 어느 휴일, 남편에게 아이를 부탁하고 나는 다시 그림책 속으로 여행을 다녀왔다. 이번 페이지에는 만개한 봄꽃이 태양과 만나 보석처럼 빛을 내며 손을 흔들고 있었다.

　하늘색 배경에 하얀 크레파스로 그려넣은 듯한 구름을 보며 내 아이가 입시생이 아닌 어린이의 모습으로 살았으면 좋겠다고 생각했다. 시험 보고 공부하고 경쟁만 하는 학생이 아니라 존재하는 것만으로 어여쁜 어린이로. 그러기 위해 내가 무엇을 할 수 있을까, 봄볕이 오래도록 따스하던 어느 날 대관령에서 깊은 고민이 깊어졌다.

비키니를 입다

을왕리

비키니를 입기로 했다. 갯벌이 먼저 떠오르는 서해바다에서는 작업복에 비닐장화가 더 어울리겠지만 우리는 비키니로 결정했다.

병마와의 싸움에서 승리한 우리가 비키니를 챙겨 찾아간 곳은 을왕리였다. 을왕리가 있는 인천 앞바다는 내 유년과 청년 시절을 담고 있는 곳이다. 가족들과의 사소한 나들이, 고민거리가 생기면 도망치듯 가던 피난처, 소풍과 엠티의 단골장소이던 바다. 동해처럼 화려하지 않던 흙빛 파도가 너무 진지하던 바다. 그래도 하늘과 바람만큼은 그 어느 곳보다 사치스럽던 서해 바다.

그 바다 가까운 곳에서 나고 자라는 내내 난 먼 훗 날의 내가 이렇게 엄청난 일을 겪으리라고 상상하지 못 했다. 불행은 남의 이야기라고만 생각했다. 웃고 넘길 만한 잔잔한 시련이 스칠 뿐 평범하고 별 탈 없는 인생 일 거라고 짐작하며 살았다. 그것이 얼마나 건방진 태 도였는지 이제야 알게 됐다.

때문에 나는 우리의 첫 여행만큼은 그 바다로 떠나 고 싶었다. 너무 익숙해 새로울 것 하나 없는 곳이지만 세상 그 어느 여행지보다 나를 위로해줄 수 있는 곳이 었다. 그렇게 그 바다로 가서 뉘우치고 싶었다. 반성하 고 싶었다. 우습게 봤던 인생에게, 어쩔 수 없이 불행과 맞닥뜨렸던 사람들에게, 돌아보지 않고 살았던 지난 삶 에게.

연말 내내 아이가 아팠다. 아이와 함께하는 나들이에 관한 나의 첫 책이 나온 해였다. 우리는 그해 여름 내내 책에 쓰일 사진을 새로 찍기 위해 참 많이 다녔다. 연말에 바깥출입을 못 할 걸 미리 알았던 것처럼 아이는 불평 한 번 없이 엄마를 쫓아다니며, 포토그래퍼 삼촌이 시키는 대로 환하게 잘 웃었다.

나는 세상을 다 가진 것 같았다. 첫 책, 내 이름으로 책이 나오다니. 꿈꾸던 일이 현실이 됐다. 갑자기 터진 신종플루 때문인지, 이름 없는 작가라 흥미를 끌지 못해서인지 책은 기대만큼 반응을 얻지 못했지만 그래도 길을 찾아 한 걸음 나아갔다는 것만으로 행복한 해였다. 내가 큰 수술을 하고 어렵게 회복한 다음 해였던지라 이제 좋은 일만 일어날 것 같았다. 그런데 아이가 아프기 시작했다.

처음엔 흔한 감기였다. 11월 중순, 아이의 생일 즈음이었다. 열이 나고 목이 붓는 감기 증상. 소아과에서 진찰을 받고 약을 타다 먹이니 조금 나아지는 듯했지만, 아이는 그렇게 기다렸던 어린이집에서의 생일파티도 시큰둥했다. 하루하루 지나면서 증상은 더 안 좋아졌다. 밤이면 아이는 잠을 못 이루었다. 머리가 아프다고 했다. 약 때문이겠지, 기침 때문일 거야. 못난 엄마는 가끔 새벽마다 잠을 깨우는 아이에게 짜증을 부리기도 했다. 그렇게 1년 중 가장 화려한 크리스마스와 연말을 정적과 함께 보냈다. 아파 누워 있는 아이 옆을 지키고 있는 것이 내가 할 수 있는 전부였다.

일상은 너덜너덜해졌다. 아이는 어린이집에도 가지 못했고, 자꾸 누워 있으려고만 했다. 한 달을 기관지염, 폐렴 초기, 코감기, 목감기 약을 먹으며 지냈다. 아이는 계속 머리가 아프다고 했다. 안 되겠다 싶어 동네 종합병원 신경의학과 외래진료를 봤는데, 의사는 겉으로 보기에 큰 문제가 없지만 아이가 자꾸 아프다고 한다니 3일 후에 CT를 찍고 다시 보자고 했다. CT를 찍기로 한 날, 아이의 한쪽 눈동자의 초점이 맞질 않았다. 물컵을 주자 허공을 짚으며 놓쳤고, 먹은 것을 다 토해냈다.

심장이 빠르게 뛰고, 모든 혈관이 터져나갈 것 같았다. 직감적으로 뭔가 한 번도 생각해보지 않았던, 내 인생을 흔들어버릴 거대한 일이 벌어질 거라는 불안감이 엄습했다. 부들부들 떨면서 아이를 안고 당장 대학병원 응급실로 갔다.

앓던 아이가 입원한 것은 새해가 시작된 다음날이었다. 응급실에 도착하자마자 의사들은 분주했다. 심각한 얼굴을 하고 거의 정신을 잃은 아이의 침대를 이곳 저곳으로 끌고 다녔다. 그들은 할 수 있는 모든 검사를 했다. 조그마한 아이의 등에서 척수액을 빼낸다며 아이의 몸을 공처럼 말아 커다란 주사를 꽂기도 했다. 자지러질 듯 우는 아이에게 억지로 콧줄을 끼우고 손에는 주렁주렁 주삿바늘을 달았다.

의사는 아이의 뇌에 물이 차 있다고 했다. 뇌척수액이 빠져나가는 구멍이 염증으로 막혀 머리에 계속 물이 차고 있었다고 했다. 뇌압이 많이 오른 상태라 매우 위험하다며 한쪽 눈의 초점이 안 맞는 것도 뇌압이 시신경을 눌렀기 때문이라고 했다. 다행히 목을 움직이는 걸로 봐서 다른 신경마비 증상은 없는 것 같으니, 일단 뇌압을 낮추는 약을 집어넣는다고 했다.

약에 취해서인지 아이는 계속 잠만 잤다. 밤이면 머리가 아프다며 잠을 깨우던 아이가 열두 시간이 넘도록 잠만 자는 모습이 불안해 나는 한 번씩 아이를 흔들며 말했다. "일어나봐, 일어나봐, 엄마야, 눈 좀 떠봐……"

혈액암으로 투병 중이라는 옆 침대의 아이 엄마는

이런 내가 안쓰러웠는지 "그래도 잘 때가 애나 엄마나 가장 편한 거예요. 너무 걱정 말아요"라며 다독였다. 고마운 사람. 목이 메어 아무 말도 못 하고 나는 그저 조용히 "네"라고만 했다.

"우리 애도 처음 와서 그렇게 잠만 자더라고. 나도 많이 불안했는데, 지나고 보니 나으려고 그런 거 같아요. 그러고 있지 말고 애랑 같이 좀 자요. 그래야 기운 차려서 간호하지."

따뜻한 위로에 눈물이 날 뻔했지만 난 꾹 참았다. 아주머니의 충고가 머리로는 이해가 갔지만 잠이 오지 않았다. 새벽마다 머리가 아프다며 깨우는 아이에게 약 먹었으니 괜찮을 거라고 얼른 좀 자라고 소리치던 내가 떠올랐다. 커다란 바윗덩이가 가슴을 짓이기는 것처럼 아팠다. 미안해, 정말 미안해, 엄마가 잘못했어. 죄책감에 잠을 잘 수 없었다.

다음날 암 투병 중이던 꼬마가 입원실로 올라가고 새벽녘 옆 침대에 딸 또래의 남자아이가 비슷한 증상으로 들어왔다. 어린이응급센터는 매일매일 전쟁이었다. 아픈 아이들과 그 아이들만큼 아파하는 부모들이

비키니를 입다

그렇게 많다는 걸 그제야 알았다. 그리고 누구나 그 자리에 있을 수 있다는 것을 깨달았다. 나처럼 혹은 그곳의 다른 부모들처럼.

남자아이는 조금 더 심각해 보였다. 부산의 병원에서 긴급 이송됐다고 했다. 당장 수술을 해야 한다며 바리캉으로 머리를 미는데도 아무것도 모르는 듯 계속 토해내기만 했다. 아이의 엄마는 울먹이며 아이의 손을 잡고 있었다. 당장이라도 가서 그 엄마를 안고 함께 울고 싶었다. 괜찮을 거예요, 금방 나을 거예요, 말해주고 싶었다. 살면서 처음으로 다른 사람의 고통이 내 것인 듯 느껴졌다. 그동안 나는 얼마나 많은 아픔을 외면하고 살았던 걸까. 그동안 나의 입은 얼마나 많은 가식의 말과 거짓 위로를 내뱉으며 살았던 걸까.

응급실에서 사흘 동안 남편과 나는 먹지도 자지도 않으며, 듣고 싶지 않은 이야기들을 들어야 했다. 잘못될 수도 있다, 최악의 경우는, 같은. 그때마다 누군가가 내 혈관에 빨대를 꽂아 쭈욱 하고 피를 전부 빨아들여 온몸이 하얘지는 것 같았다. 죽을 듯 무섭고 괴로웠지만,

울지 않았다.

아이의 몸에 주렁주렁 주삿바늘이 꽂힐 때도, 차마 눈 뜨고 볼 수 없는 검사를 할 때도, 시신경이 눌려 초점이 맞지 않는 아이의 눈을 바라볼 때도, 첫번째 수술을 위해 탐스러운 긴 머리를 병원 이발소에서 무참히 밀어버렸을 때도 울지 않았다. 눈물이 나오지 않아서가 아니었다. 울면, 왠지 모든 것이 사실이 될 것 같았다. 울면, 계속해서 울 일이 벌어질 것 같아서 참고 또 참았다. 그런데 그날 나는 무너졌다.

두번째 수술 전날 밤이었다. 항생제로는 척수액이 줄어들지 않아 일단 척수액을 빼는 1차 수술을 하고 경과를 살피던 주치의가 아무래도 기능을 상실한 것 같으니 머릿속에 센서를 넣는 2차 수술을 해야 할 것 같다고 했다. 첫번째 수술은 머릿속에 넣은 고무관을 바깥으로 빼놓은 것이었는데, 바깥으로 배출되는 척수액의 양이 줄지 않아 2차 수술이 불가피했던 것이다.

첫번째 수술처럼 자정쯤이었다. 수술 일정이 많아 낮에는 좀처럼 시간을 내지 못하는 의사는 그 시간이 되어서야 다음 수술의 동의서에 사인을 받기 위해 병실

로 찾아왔다. 매일매일 수술해야 하는 아이들이 그렇게
나 많다니. 세상 모든 아이들이 아프지 말았으면 좋겠
다. 그래서 이 어린이병원이라는 데가 제발 쓸모없어졌
으면 좋겠다. 저 의사 선생님이 할 일이 없어 한가해지
면 참 좋겠다. 그런 생각을 하며 의사를 따라나섰다.

　　의사는 사람 모양의 그림이 프린트된 종이를 앞에
두고 머리에 동그라미를 그리며 설명했다. 이렇게 해서
튜브가 뱃속으로 들어가는 거라며 머리에서부터 배꼽
까지 죽 직선을 그었다. 그 직선처럼 자신 있게, 백 년
동안 해온 수술이고 실패율이 거의 없다고 걱정하지 말
라고 했다. 그러고는 그래도 사람 일은 모르는 것이니
100퍼센트 장담할 수 없다는 여지를 남겼다. 설명은 이
어졌다. 뇌에서 시작해 배까지 센서가 달린 튜브를 넣
는 건데, 목과 배에 흉터가 남는다고 했다. 내가 불쑥
물었다.

　　"비키니는 입을 수 있나요?"

　　"못 입어요. 흉터 보일 거예요. 하하."

　　이 상황에 뭐 이런 질문을 하는가 싶었는지 의사
는 사람 좋게 웃었다.

"못 입어요? 비키니, 못 입어요? 엉엉엉엉."

그동안 울지 않으려고 그렇게 애썼는데, 비키니를 입을 수 없다는 말에 나는 참았던 눈물이 터져나왔다. 비키니를 입을 수 없다는 말은 상처를 남겨 끝내 기억에서 지울 수 없다는 사실을 둘러말한 것이나 다름없었다. 나는 통곡했다. 절망스러웠다. 비실비실 웃던 의사는 당황해 어쩔 줄 몰라했다.

"괜찮아요, 어머니. 제가 수술실 들어가니까 예쁘게 꿰매줄게요. 걱정 마세요."

수술 동의서에 사인을 하고 병실 밖 복도 끝 계단에 앉아 한참을 울고 들어와 잠든 아이를 보며 일기를 썼다.

> 몸에 상처를 내는 것이 마음에 상처를 남기는 것보다 낫다고 위안하지만, 그것은 그야말로 위안일 뿐이다.
> 보이는 아름다움보다 보이지 않는 아름다움을 찾으라고 하지만, 그것은 말의 허영일 뿐이다.
> 외면하지 못할 자리에 상처를 남기는 것은 어쩌

면 두고두고 잊지 말라는 의미일지도 모르겠다. 지금 이 순간의 아픔, 미안함, 괴로움. 더불어 앞으로 남은 날들 동안 떠오르는 진중함과 책임감까지 매 순간 기억할 수 있겠지.

그렇다 한들, 망각이라는 혜택에서조차 비켜난 그 상처가 생각만으로도 참 아프다.

시간이 지났다. 정말 흉터는 옷을 갈아입힐 때마다 눈에 밟히며 그때를 상기시킨다. 몸 안에 튜브가 들어 있어 늘 긴장하고 살아야 하지만 그래도 아이는 정상적인 생활이 가능하다. 내과, 감염내과, 신경외과, 신경과, 안과, 주치의 선생님 모두 기적이라고 했다. 이론상 그 상태였다면 장애를 남길 확률이 90퍼센트인데 말끔해졌다며 다들 '러키'한 아이라고 말했다.

러키, 행운. 그래, 어쩌면 이 아픈 경험은 우리에게 행운이었을지도 모르겠다. 우리 가족은 인생 앞에 조금 겸허해졌고, 다른 사람의 고통을 진심으로 이해할 수 있게 됐고, 그 이후 덜 경거망동하니까. 아이를 키우면서 갖는 부질없는 욕심에서 벗어날 수 있게 됐으니

까. 물론 그 대가를 아이 대신 내가 치렀으면 더 좋았겠
지만 말이다.

　끔찍한 경험이 일상을 휩쓸고 지난 뒤, 목욕을 할
때마다 척추수술을 하며 생긴 세 개의 흉터가 무척 고
마웠다. 일부러 내 흉터를 보여주며 엄마 거는 이렇게
크고 안 예쁜데 우리 딸 흉터는 참 귀엽고 예쁘다고 칭
찬을 해주었다. 그 덕분인지 아이는 자신의 흉터를 엄
마도 갖고 있는 흔한 걸로 생각했다. 아이를 씻기고 로
션을 발라줄 때면 흉터에 뽀뽀를 하며 말했다.

　"아, 귀여워. 오늘은 도마뱀 모양이다." "오늘은 예
쁜 나뭇잎 같아." "어, 오늘은 다람쥐가 주워온 도토리
같은데?"

　그럴 때마다 아이는 마치 흉터가 다른 친구들에게
는 없는 특별한 것처럼 배를 쭉 내밀고 "오늘은 무슨
모양이야?" 하고 물으며 대답을 기다렸다.

바로 그날은 흉터가 생긴 후 첫 여행이었다. 수술 후 첫
여행지인 을왕리 앞바다에서 아이가 흉터에 더 당당해
지도록 함께 비키니를 입기로 한 것이다.

서해바다라는 특성상 가족 단위 관광객들이 썰물 때 조개를 잡으려고 작업복에 장화를 신고 있었지만 우리 모녀는 당당하게 나란히 비키니를 입었다. 여봐란듯이, 이까짓 흉터쯤 별것 아니란 듯이.

그리고 깨달았다. 비키니를 입고 못 입고의 문제는 흉터가 아니라는 것을. 사람들한테 흉터 따위는 눈길도 못 끈다는 것을. 사람들이 보는 건 흉터가 아닌 그 아래 비어져나온 나의 뱃살이라는 것을! 발이 푹푹 들어가는 바닷가 갯벌을 잽싸게 빠져나오며 아이에게 말했다.

"그까짓 흉터 다 괜찮아. 엄마가 예쁘게 키워줄게. 우리 얼른 옷 갈아입고 조개 잡으러 가자."

흉터와 관계없이 비키니를 입을 수도, 못 입을 수도 있다고 생각하니 흉터가 그냥 쏙 사라져버린 기분이었다. 마음의 짐을 던 듯 상쾌했다.

평범한 엄마와 딸처럼 티셔츠에 반바지를 입고 왠지 서해에 가면 꼭 먹어야 할 것 같은, 조갯살보다 껍데기가 더 많은 바지락칼국수를 맛있게 먹은 후 다시 바닷가 앞에 섰다. 을왕리 앞 서해바다는 그대로였지만,

그 앞에서 선 나는 조금 다른 사람이 되어 있었다.

한참을 놀다 모래에 두 다리를 묻고 쉬는데, 수술 때문에 박박 밀어버린 머리카락이 밤송이만큼 자란 아이의 머리가 무릎 위로 떨어졌다. 모래놀이에 지쳐 곯아떨어진 아이의 머리를 쓰다듬으며, 멋대가리 하나 없지만 우직한 아빠 같은 바다에게 그간의 아픔을 위로받았다.

자라면서 그랬듯 아이를 키우면서 종종 이 바다를 찾기로 했다. 언제 그런 아픔이 있었냐는 듯 겸손한 마음이 헐렁해질 때 가까운 이곳으로 달려와 마음을 다잡을 것이다. 치장할 줄 모르는 이 바다는 그때도 묵직한 모습으로 가만히 친구가 되어주겠지.

떠나야 돌아온다

상하이

두 번의 수술을 하고 꼬박 한 달을 입원해 있던 아이는 퇴원 후에도 매일 병원 걸음을 해야 했다. 두 달 동안 매일 엉덩이 주사를 맞고, 앞으로 1년 6개월 동안 같은 시각에 같은 양의 약을 먹어야 했기 때문이다. 의사 선생님이 엄마가 직접 배워서 주사를 놔주겠냐고 했지만, 나는 그냥 병원에 가겠다고 했다. 내 손으로 아이의 엉덩이를 찌르는 일은 절대 못 할 것 같았다. 이렇게 발병 후 반년여, 아픈 아이의 엄마로만 살았다.

처음 아이를 입원시키고 어린이내과 병동 휴게실에

물을 뜨러 갔다가 놀란 적이 있다. 엄마들이 휴대용 가스레인지 위에 재료가 아낌없이 들어간 먹음직스러운 찌개를 올리고 모여 앉아 왁자하게 웃으며 밥을 먹고 있었다. 아이를 입원시킨 엄마답지 않은 화사한 수다에 놀란 나는 속으로 저 엄마 아이들은 별로 안 아픈가보다, 웃으면서 함께 밥도 먹고, 부럽다, 생각했다.

그런데 며칠 후 우리 옆 입원실에서 아이와 함께 있는 그 엄마들을 봤다. 침대 곁을 제 방처럼 꾸며놓은 아이들은 언제까지 이 병원에 있어야 할지 모르는 장기 입원 환자들이었다. 미안함과 무안함에 심장은 흙빛이 됐다. 그제야 엄마들이 왜 그렇게 웃으며 식사했는지 조금 알 것 같았다.

그들의 그 짧은 식사시간은 보통의 삶을 살고 싶다는 평범한 소망이 만든 손톱만 한 일탈이었다. 우리들의 화려한 욕망이 남긴 부스러기보다도 작은 바람의 실천이었다. 다 식어버린 죽은 밥이 아닌, 살아 있는 밥을 먹는 것만으로 행복한 만찬. 병원 생활을 해보지 않은 엄마들은 아마 모를 사치. 언제 끝날지 모를 행군을 위한 짧은 휴식. 지쳐 쓰러지지 않기 위한 자가치유.

떠나야 돌아온다

그 엄마들이 그럼에도 불구하고 작은 소망을 꿈꿨듯 아픈 아이를 돌보면서 나도 조금씩 욕망을 키우고 있었다. 나는 떠날 수 없는, 아직까지 병구완을 해야 하는 아이의 엄마일 뿐이라고 아무리 다독여도 저만큼 빠져버린 마음을, 정말로 어찌할 수 없었다.

아이를 돌보는 것도 그렇지만 주문이 들어오면 일을 해야 하는 프리랜서 엄마는 애도 보고 일도 하는 만능이 되어야 했다. 남들이 보기엔, 애 키우면서 돈도 버는 운 좋은 아줌마 같지만, 현실은 애만 보는 것도 버거운데 일까지 해야 하는, 혹은 일만 하는 것도 바쁜데 아이까지 돌봐야 하는 진퇴양난의 기로에 선 그런 사람이었다.

월간지 인터뷰 원고 마감을 끝낸 뒤 결심했다. 나는 떠나기로 했다. 어디든 가서 엄마, 아내, 글노동자가 아닌 온전한 나 자신의 삶에 대한 욕망을 모자람 없이 채우고 오기로 했다. 그렇게 정한 여행지는 상하이였다. 완벽하게 이방인이 되어 새로운 하루를 맞을 수 있으면서도 마음만 먹으면 언제든 서너 시간 안에 집으로 달려올 수 있는 곳으로 안성맞춤이었기 때문이다.

경력 10년 미만의 엄마 혼자 훌쩍 떠나기 좋은 해외여행지는 이런 곳이다. 익숙하지 않은 외국이지만, 여러 번 방문해 많이 낯설지 않은 곳. 그렇지만 갈 때마다 새로운 곳. 아이와 남편을 안심시킬 정도의 물리적 거리에 있는 곳. 여행경비가 부담스럽지 않은 곳. 이런 이유로 세번째임에도 나는 상하이행을 택했다. 그곳을 택한 또 다른 이유가 있다면 결혼해 그곳에서 살고 있는 사촌동생의 집에 며칠간 숙박을 부탁할 수 있어서였다. 나에게 최소한의 경비로 최대한의 효과를 볼 수 있는 그런 여행지가 바로 상하이였다.

잠시 숨 돌리러 상하이에 다녀올 거라고 했을 때, 친구들은 거길 또 가냐고 했다. 아직 볼 게 남았어? 당연하지, 차고 넘쳐. 여행지와 여행객의 관계는 밀고 당기는 연인과 다르지 않다. 여행지는 그렇게 간단하게 모든 것을 다 내보이지 않는다. 다 아는 것 같아도 막상 사귀어보면 모르는 것투성이고, 오랜 시간이 지나야 따뜻한 스킨십을 허락한다. 때문에 나는 여행을 떠났을 때, 첫 방문이라면 살던 곳과 미묘하게 다른 그곳만의 공기 냄새를 맡고 그곳 사람들이 먹는 음식을 먹는 것

떠나야 돌아온다

만으로 만족한다. 놓치면 안 될 관광지나 꼭 해야 할 리스트는 미안하지만 여행지와 친해지는 데 방해만 될 뿐이다.

그리하여 4박 5일의 꿈 같은 휴가를 얻어 상하이로 떠났다. 짐을 싸면서는 상하이 상하이 트위스트라도 출 것 같았는데 막상 손 흔드는 아이를 뒤로하고 공항버스에 올라타려니 이래도 되나 싶었다. 엉덩이 주사가 끝나서 매일 병원 갈 일은 없다지만, 아침마다 잊지 않고 약도 먹여야 하고 챙겨줄 게 많은데 괜찮은 건가. 아니야, 이래도 돼. 아니 이래야 해. 그래야 누구도 원망하지 않고 살 수 있어. 쯧쯧, 뭐 저런 엄마가 있어, 혀를 차도 어쩔 수 없다고 생각했다. 혼자만의 시간이 절실했다.

상하이행 밤비행기는 처음이었다. 어둠 속에서 가장 먼저 반응하는 것은 후각이었다. 훅 하고 들어오는 중국 특유의 냄새. 이상하게 밤의 공항에는 그 나라의 냄새가 안개처럼 자욱하게 깔려 있다. 누군가는 서울에 내리면 마늘 냄새가, 도쿄에 내리면 간장 냄새가, 베이징이나 상하이에 내리면 기름 냄새가 난다고 했다. 전혀 다른 세상에 와 있음을 실감케 하는 냄새들.

　동생의 아파트로 가기 위해 택시를 타고 동방명주 탑이 보이는 와이탄을 지났다. 화려한 야경, 5년 만에 만난 상하이는 과거의 모습을 기억하지 못할 정도로 몰라보게 바뀌었다. 상하이엑스포라는 큰 행사기간이기도 했지만, 이곳저곳 개발의 바람이 불고 지나간 흔적이 역력했다. 과연 대륙은 무섭게 변화하고 있었다.

　도착하고 며칠 후 그래도 안 가면 섭섭하다는 생각에 찾은 예원은 그대로였다. 연못 속 잉어들이 조금 더 살찐 정도? 하긴 명나라 고관 반윤단이 아버지 반은을 위해 1559년부터 1577년까지 무려 18년 동안 공들여 지었다는 이 정원이 달라지면 안 될 일이지. 4백 년이라는 시간의 가치를 만나기 위해 이곳을 찾는 것인데 말이다.

　반가운 마음에 티켓을 사서 입구로 들어서자, 갈지之 자로는 나아가지 못하는 귀신이 정원에 들어오지 못하도록 아홉 번 꺾어 만든 다리라는 구곡교에는 외국인들이 귀신이 아니라는 걸 증명하듯 열심히 지그재

떠나야 돌아온다

그로 걷고 있었다.

중국식 정원의 화려함에 지난번과 똑같은 장소에서 똑같이 감탄을 하다가, 지난번과는 다르게 연못가에 자리를 잡고 앉았다. 오렌지색 잉어들이 바쁘게 움직이는 모습을 보면서, 인간이나 잉어나 다를 게 무언가 싶었다. 어차피 태어나 살다 죽는 것, 우리는 뭘 그렇게 이루려 하고 가지려 할까. 4백 년 전 이 대단한 정원을 짓고 나서 세상을 다 가진 듯 뽐내며 기뻐했겠지만, 지금 그들은 여기에 없다. 이런 생각을 하자니 갑자기 등골이 오싹했지만, 귀신은 갈 지 자로 걷지 못한다고 했으니까 괜찮을 거야. 구곡교가 있잖아.

그런데 여기서 잠깐, 여자 혼자 연못가에 앉아 있는데 이거 너무 조용하잖아. 1) 로맨틱 코미디의 경우, 덜렁대는 여자주인공이 역시나 덜렁대면서 연못가에서 장난을 치다가 꼼꼼하고 섬세한 남자주인공이 지나갈 때 하필 발을 헛디뎌서 함께 연못으로 빠지는 바람에 투덕투덕 말싸움이 오가는데, 다 젖어버린 옷 때문에 휴대폰도 고장, 갈 곳을 찾지 못해 함께 마침 방이 하나뿐인 허름한 숙소에 들어가 주인아줌마 허드렛옷을 얻어 입고 방을 반으로 쭉 갈라 각자 이불을 편 뒤 등을 돌리고 자다가 아침을 맞고 눈도 맞는다는 뭐 이런 불편한 장면, 2) 멜로드라마의 경우, 무관심한 남편과 엄마를 도우미 취급하는 아이들에게 상처받고 집 나온 아줌마가 물끄러미 연못가에서 잉어를 보며 앉아 있는데 창작의 고통에 몸부림치는 덥수룩 수염의 예술가 남자가 다가와 서로의 아픔에 대해 이야기를 주고받다가 갑자기 야릇해지는 뭐 그런 불편한 장면, 3) 액션이나 누아르의 경우, 연못가에서 여자 혼자 잉어를 보고 있는데 갑자기 다가온 남자가 다짜고짜 얼굴을 감싸고 키스를 하고 그러는 사이 그 남자를 잡으러 온 각목 든 건달들이 (뒤통수만 봐도 그놈이구먼) 그걸 못 알아보고 키스하는 남녀 방해하기 싫어 아닌가보다, 다른 쪽으로 간 사이 남자가 당신까지 위험할 수 있다며 다짜고짜 여자 손을 잡고 뛰어 도망가다 사랑에 빠지는 뭐 그런 불편한 장면 등이 연출되는데, 어쩜 이렇게 아무 일도 일어나지 않는 것이지?

아니다. 아무 일도 일어나지 않은 건 아니었다. 스웨덴에서 왔다는 한 노부부가 사진을 찍어달라고 했다.

떠나야 돌아온다

한국 사람이라니까 친구가 한국에서 아이를 입양해서 김치를 먹어봤다며 아는 척을 했다. 쫄티에 야구점퍼를 입고 얼굴에 너무 꼭 맞는 선글라스를 쓴 중국 아저씨들의 단체사진을 찍어주기도 했다.

그러나 매우 당연하게 영화나 드라마처럼 특별한 일이 벌어지지는 않았다. 하지만 나는 아무렇지 않게 한동안 예원 근처를 어슬렁댔다. 유명하다는 중국식 만두 샤오룽바오도 긴 줄을 기다려 먹어보고, 옛 중국의 장터를 재현한 예원상성의 높은 찻집에 앉아 거리를 내려다보며 꽃차도 한 잔 마셨다.

손톱만 하게 말린 작은 꽃이 든 유리 주전자에 뜨거운 물을 붓자 물속에서 꽃이 환하게 피어올랐다. 처음엔 부스러기 같더니 따뜻한 물속에서 금세 국화가 됐다. 우와아. 드라마 같은 일은 일어나지 않았지만 그 순간의 나는 특별했다. 마른 풀 같던 일상이 물처럼 따뜻한 여행이라는 수분을 잔뜩 머금고 촉촉해졌으니까. 여행을 하고 있는 나의 일상은 언제나 내 인생의 명장면이었다.

상하이에서의 며칠. 어느 날은 비가 왔고, 어느 날은 화창했다. 그러면 그런대로 나는 그곳에서 아무런 욕심 없이 그저 높다란 빌딩 사이사이를 걸었다.

비가 오는 날은 슬레이트 지붕 위로 빗소리가 선명하게 들리는 카페에 앉아 미리 준비해 간 『빨간 머리 앤』을 읽었다. 앤이 그린게이블스에 정착해 길버트와 결혼하는 순간까지 책을 읽으며 지나는 사람들을 구경했다. 스크린처럼 낮고 널찍한 창은 쉴 새 없이 새로운 장면들을 보여주었다. 다큐멘터리 영화처럼 무수히 많은 인간 군상이 오고 또 갔다. 그곳 사람들도 우리처럼 비가 오면 우산을 썼다. 우리 딸처럼 그곳 아이들도 엄마를 놓치지 않으려고 손을 꼭 잡고 걸었다. 사람 사는 건 똑같은 상하이였지만 그곳에서 나는 누구의 방해도 받지 않고 철저한 이방인으로 공간 속을 흐르는 시간을 음미할 수 있었다. 빨간 머리 앤 스타일로 이야기하자면, 가슴이 벅차오를 정도로 감동적인 비의 여왕이 다녀간 듯한 하루였다.

어느 날은 어둠이 깔리기 시작할 무렵 우리의 홍대 거리와 비슷하다는 타이캉루 예술인 단지로 향했다. 상하이 서민주택을 보수해 만들었다는 타이캉루는 수많은 이야기를 품은 골목들이 펼쳐져 있는 곳이었다. 예술인 단지답게 작은 갤러리도 많고 직접 만든 공예품이며 이국적인 레스토랑들이 많은 그곳에 채 개발되지 않은 오래된 진짜 '서민'주택을 발견할 때면 보석을 발견한 듯 사진을 찍었다.

해가 반짝이는 어느 낮에는 서양인들이 주로 찾는다는 유럽풍 카페에서 이국의 정취를 느끼기도 하고, 오래된 플라타너스가 있는 거리를 한참 걷기도 했다. 오래전 아편전쟁 후 프랑스의 점령지였다고 프랑스 조계지라 부르는 그곳은 정말 유럽 어디쯤으로 착각할 정도였는데 1990년대 말 관광 목적으로 대대적인 정비가 이루어졌다고 한다. 그러면 그렇지. 마치 그곳에서 몇 년은 눌러 살 사람처럼 느긋하게 걸으며 내게 주어진 나만의 시간을 마지막까지 야무지게 누렸다. 다시 며칠 전의 삶으로 돌아갈 수 있을까 싶을 정도였다. 하지만 그것은 기우였을 뿐.

공항으로 가기 전 시간이 남아 들른 이케아 매장에서 아이에게 사주고 싶었던 이젤을 발견하고 이성을 잃었다. 인터넷 쇼핑몰의 반값인 가격을 확인하고 실성한 사람처럼 카트에 이젤을 싣고 축지법을 써 매장 위를 날아다니며 장난감과 아이용 패브릭을 낚아챘다. 짧은 시간이었지만 쇼핑을 하며, 상하이 가는 길에 제대로 추지 못한 트위스트를 거기서 출 뻔했다. 다시 엄마 모드로 전환되는 것은 전혀 어렵지 않았다.

그러니 남편 여러분, 걱정 마시라. 잠시 잠깐 엄마만의 시간을 허해도, 그 시간을 바다 건너 낯선 땅을 헤매고 다녀도, 우리는 귀신같이 떠난 자리를 찾아 돌아올 테니.

떠나야 돌아온다

취학통지서 나온 날

춘천

그곳은 오대산 앞에 있는 초등학교였다. 아이 낳기 전 남편과 남편 친구와 함께 오대산 단풍구경 갔다가 월 정사 전나무 숲에서보다 더 많은 시간을 보낸 곳이었 다. 서울에 살던 때라 작고 예쁜 단층 학교가 무척 새 로웠다. 어린 시절로 돌아간 듯 그네도 타고, 정글짐에 도 올랐다. 그러다 앉아서 초등학교 시절 이야기를 했 다. 오전 오후 반, 학생 수 60명이 넘었던 빽빽한 교실, 신체검사, 체력검사, 운동회 같은 기억들. 수다를 떨면 서 말끝에 나중에 아이를 낳으면 이런 초등학교에 보내고 싶다고 했다.

극단 차이무의 대표단원 민복기 씨 인터뷰를 위해 자료를 찾던 중 단원 소개란을 보며 한참 웃었다. 문성근, 송강호, 명계남, 박광정, 이성민, 이희준까지. 쟁쟁한 배우들을 배출한 극단 차이무의 단원 소개란에는 출신 초등학교, 아니 출신 국민학교가 적혀 있었기 때문이다. 점잖은 배우들의 프로필 사진 아래 쓰여 있는 출신 초등학교는 그 사람을 금세 코흘리개로 만들었다. 모든 것을 함구한 채 출신 초등학교만을 밝히는 것은 극단 차이무를 만든 이상우 씨의 생각이었다. 초등학교라면 거의 누구나 갈 수 있는 곳이니, 누구나 평등하게 자신을 소개할 수 있다는 말씀.

그의 의도는 정확히 적중해서, 출신 초등학교가 적힌 배우들을 보면서 흔히 갖는 편견이 모래알만큼도 생기지 않았다. 더불어 프로필에 적힌 무슨 무슨 대학, 무슨 무슨 학위가 주는 권위, 그 몇 줄을 갖지 못한 사람을 대하는 우리들의 냉소가 얼마나 값싼 선입견인지 새삼 알게 됐다.

누구나 출신 초등학교가 적힌 프로필 앞에서는 단

박에 당당해진다. 덜 실패하고 덜 좌절하고 덜 실망했던 때의 나로 돌아갈 수 있으니까. 세상 모든 것이 무섭지 않고, 어느 것에도 주눅 들지 않던 시절. 꿈이 크고 마음이 자라던 시절. 그 순수의 시절의 나는 조금 모자라지만 얼마나 멋진 사람이었던가? 돌이켜보니 초등학교란 인생에서 정말 중요한 곳이었다.

우체부 아저씨가 취학통지서를 가져다준 날 통 잠이 오지 않았다. 드디어 아이의 삶에서 가장 중요한 시즌에 접어든다고 생각하니 기분이 묘했다. 긴장과 떨림 속에 그 학교가 떠올랐다. 그래, 한번 가보자.

　　다음날 우리는 취학통지서를 받은 기념으로 '저쪽'으로 가보기로 했다. 며칠 전 서울에 나가려고 톨게이트를 빠져나오는데 아이가 왜 우리는 항상 '이쪽'으로만 가냐고 했다. 그러고 보니 친정, 시댁, 친구들이 다 서울에 있어 늘 서울 방향으로만 차를 몰았다. 나는 아이에게 곧 '저쪽'으로 가보자고 했고, 겨울 전나무숲도 걸을 겸 '저쪽' 중에도 오대산에 가기로 한 것이다.

　　해 지기 전에 돌아올 생각으로 아침 일찍 서두르는

데, 일기예보에서 옅은 눈 소식을 알렸다. 겨우내 넘칠 만큼 내린 눈이 또? 폭설은 아니라니까 일단 움직여보자. 서울 반대 방향 고속도로. 한 시간쯤 가니 횡성 시내로 들어섰다. 그곳에서 다른 도로를 타야 했다. 그런데 약하게 흩뿌리던 눈발이 횡성으로 오면서 세력을 키웠는지 엄지손톱만 하게 바뀌어 빠르게 도로를 메웠다. 지난 몇 달 눈에 시달린 사람들이 재빨리 나와 눈을 쓸었지만 속수무책이었다. 차를 돌려 횡성을 빠져나왔다. 떠남이란 그런 거다. 가다 아니면 방향을 바꿀 수도 있는 것.

어디를 갈지 정하지도 않은 채 그냥 집으로 가기 아쉬워 춘천에 들르기로 했다. 정 할 일이 없으면 춘천 번화가 명동에서 귀를 뚫자고 했다. 동네 언니들이 예쁜 귀고리를 한 모습에 반해 있던 아이는 세상을 다 얻은 표정이었다. 남춘천 나들목을 지날 즈음 지역 라디오 방송에서는 춘천MBC에서 별빛 축제를 한다는 광고가 흘러나왔다. 일단, 춘천MBC 방송국에 먼저 들러야겠군.

방송국 앞 주차장은 빙판이었다. 하얀 눈이 비현실

적으로 덮여 있는 지방 방송국 앞뜰에는 과연 크고 작은 트리 장식이 가득했다. 크리스마스가 한참 지났는데도 산타와 루돌프, 썰매는 집으로 가지 못하고 그곳에 있었다. 생각보다 규모도 작고 축제라기에 너무 한산해서 관계자로 보이는 분에게 물어보니 축제는 밤에만 한단다. 껄껄 웃으시며, 별빛 축제잖아요, 하신다. 네, 그러네요. 감사합니다.

이왕 왔으니 2층 카페에 가서 맛있는 디저트나 먹고 가야겠다며 올라섰다. 그런데 넓은 카페의 창밖으로 기대하지도 않은 풍광이 펼쳐졌다. 의연하게 추위를 이기고 있는, 새하얗다 못해 푸른빛이 감도는 얼어붙은 의암호였다. 봄, 여름, 가을 친절했던 모습은 온데간데없고 고집스럽게 인내하는 차가운 모습이었다. 아이는 아이스크림과 시럽이 듬뿍 들어간 달디단 와플을 맛있게 먹었다. 그 옆에서 나는 커피를 마시며 노트에 편지를 썼다.

이제 학교에 들어가는구나. 학교에 들어가면 친구를 만나고 선생님을 만나고 그들과 어울려 '생활'이란 걸 하겠네. 그러면 저 너머 호수처럼 일상이 친절하고 따뜻하다가도 참아내고 인내해야 하는 순간이 올 거야. 이제 따뜻한 봄이 오면 호수는 다시 녹아 친절한 얼굴을 보여줄 거란다. 모든 게 다 똑같아. 아무리 춥고 힘들어도 잘 견디면 봄이 오고, 여름이 오고, 가을 단풍을 볼 수 있을 거야.

나중에 아이가 학교생활로 힘들어하면 이 편지를 슬쩍, 오늘 찍은 사진과 함께 책가방에 넣어줘야지. 목적지도 없이 흘러들어온 곳에서 이렇게 귀한 시간을 얻어가다니. 떠남이란 역시 목적지와는 아무 관계가 없는 것이다.

　　그런 나와 달리 아이는 어떤 목적이건 이루고 싶어 했다. "도전!"을 외치면서 귀를 뚫자고 졸랐다. 귀 뚫을 때 아플지도 모른다고 했더니, 그래도 한번 도전은 해보겠다고 했다. 카페를 나와 멀지 않은 거리에 있는 명동으로 갔다. 흐릿한 날씨에도 사람들이 제법 많았다. 우리는 액세서리가게로 들어섰다. 아이가 귀를 뚫을 거라니까, 언니 둘이 양쪽에서 단번에 뚫어주겠다고 했다. 두 번 아플 일은 없겠네, 다행이다.

귀를 뚫을 귀고리를 고르는데 왠지 이상하게 조용해서 돌아봤더니 아이가 하얗게 질려 있었다. "도전!"을 외치던 아이는 어디로 가고 잔뜩 겁먹은 얼굴은 구원을 요청하는 표정이었다. 지금이라도 갈 수 있으니, 무서우면 언제든 이야기하라고 했다. 애써 눈물을 참던 아이는 "엄마, 그런데 도전할 때, 우는 건 괜찮은 거지? 나 좀 눈물이 나와서." 용기 있는 도전에 눈물은 허락되지 않을 거라 생각해 애써 참던 아이가 너무 사랑스러워 와락 안으며 말했다. "그럼, 물론이지. 괜찮지, 괜찮고말고. 얼마든지 울어도 돼." 그제서야 아이는 엉엉울었다. 어깨를 들썩여서 귀를 뚫어주는 언니들이 난감해할 정도였다. 그럼에도 도전을 멈추지 않은 아이의 양쪽 귀에는 예쁜 귀고리가 달렸다.

돌아오는 차 안에서 아이에게 오늘을 꼭 기억하라고 했다. 무섭고 두려웠지만 결국은 해냈을 때의 기쁨을, 우는 것과 도전은 아무 상관이 없다는 것을 잊지 말라고 했다. 그러나 이미 성공을 거머쥔 아이는 엄마의 당부는 듣는 둥 마는 둥이었다. 그래, 오늘의 기분을 만끽하려무나. 나중에 아이를 낳으면 보내고 싶었던 오대산 옆 초등학교에 가보지 못했지만, 우리 모녀는 그 길 위에서 많은 것을 배워왔다.

그치지 않을 것 같던 눈이 녹고, 바람이 먼저 봄의 소식을 전할 무렵 아이는 분교에 입학했다. 우리는 한날 한시에 나란히 학생과 학부모가 됐다. 학교는 오대산의 그곳만큼 아름다웠다. 아이를 낳으면 보내고 싶었던 그런 초등학교였다. 말이 현실이 됐다.

전교생 23명. 꽃망울반, 꽃내음반, 꽃씨랑반, 세 반이 전부인 작은 학교. 선생님들의 사랑과 부모님의 관심, 자연이 주는 선물을 받으며 자랄 수 있는 곳. 친구들의 손을 잡고 학교 뒤뜰을 뛰어다니는 아이를 보면서 가슴이 벅찼다. 딸의 초등학교 시절이 두고두고 빛이 날 것 같았다.

아침 일찍 깨끗한 옷을 입고 나가도 돌아올 때면 흙을 잔뜩 묻혀오는 아이의 책가방에서 일기장을 꺼내봤다. '학교에서 긴장된다. 집에 가면 공부도 해야 한다.

3월은 언제 지날까?' 일기 끝에 담임선생님이 말풍선을 달아주었다.

"긴장을 많이 하나보네. 마음 편하게 생각해. 학교를 집처럼 편안하게 생각하고, 공부하는 것도 즐겁게 생각해보렴. 모르는 것을 알아가는 즐거움. 나중에 똑똑해진다는 상상. 조금 있으면 날씨 따뜻한 아름다운 봄이 온단다."

가슴으로 뜨거운 것이 밀려오더니 훅 하고 눈물이 쏟아졌다. 길고 긴 겨울이 당장 끝나는 것 같았다. 우리 앞에 화창하고 아름다운 시간이 놓여 있는 듯했다.

딸, 너의 초등학교 시절은 정말 따뜻한 봄날이겠구나. 입학을 축하한다, 딸.

2부

내 인생의 황금기

가평

10년 만에 이사를 결심한 곳은 가평이었다. 교외의 이층집은 남편의 오랜 꿈이었다. 그리고 그 꿈을 이룬 그해 겨울은 정말 길었다. 꿈을 이루기까지 10여 년의 고단한 세월과 비례할 만큼 길었다. 너무 길었고, 무지막지하게 길었다. 겨울이 참으로 길고 추운 계절이라는 걸 35년 만에 처음 알았다.

새 집으로 이사 오기까지 우리는 이 세상 여느 부부들처럼 무척 열심히 살았다. 둘 다 한눈팔 틈도 없이 일했다. 물론 또 여느 부부들처럼 생각지도 못한 일에 발목이 잡혀 갑갑해하던 때도 있었다. 갑자기 회사를 그만두고 프리랜서가 된 남편이 자리를 잡기까지 허리띠를 졸라매기도 했고, 잊을 만하면 터지는 양가의 크고 작은 사건 뒤치다꺼리로 뜻하지 않게 새는 돈도 많았다.

그러나 운이 좋은 편이었다. 작은 전셋집으로 시작한 신혼살림은 뒷걸음치는 일 없이 조금씩 늘어났고, 부화뇌동하지 않은 덕에 투자실패나 동반하락 등의 단어를 피해 조금씩 나아질 수 있었다. 그래서 남편의 꿈에서 우리의 꿈이 된 집을 생각보다 일찍 장만했다. 물론 여전히 갚아야 할 대출금이 남아 있긴 하지만.

처음엔 늦봄에 올 생각이었다. 봄꽃도 보고, 호수 근처에서 여름도 보내고, 단풍 만발한 국립공원을 드나들며 가을을 날 생각이었다. 그때 겨울이라는 계절은 미루어 짐작조차 안 했다. 그런데 공사가 하루 이틀 늦어지더니, 한 달 두 달이 넘어갔다.

일찌감치 내놓은 집도 보러 오는 이 없이 여름을 넘겼다. 10년 만에 이사를 계획하자 부동산 시장이 활황에서 침체로 바뀌었다. 스트레스 탓에, 살면서 가장 뜨거운 여름을 보냈다. 초가을에 접어들었을 때 손해를 많이 보고 내놓은 집이 드디어 팔렸다.

이사 날짜가 잡혔다. 늦가을이었다. 이사 갈 집은 여전히 공사 중이었다. 준공도 안 떨어졌고, 시행사는 우리 이사 날짜에 맞춰 등기를 옮겨줄 수도 없다고 했다. 그래도 가기로 했다. 집이 팔리고 나니 마음이 급해졌던 것이다. 산이 노르스름하던 10월 26일, 우리는 가평군민이 됐다.

우리는 이 동네를 보고 첫눈에 반했다. 2년여 경기도 인근 전원주택지를 돌아다니던 중이었다. 앞으로 평생 자리 잡고 살 동네를 찾느라 우리는 언제나 신중했다. 여기저기 전원단지로 유명하다는 곳을 다니며 집을 알아봤는데 늘 어느 한두 가지 거슬리는 부분이 있었다. 생각보다 더 시골이라든가, 시내에서 너무 깊숙이 들어간다든가, 계곡이 너무 가까워 물소리가 걱정이라든가, 학교나 성당이 멀거나 서울 진입이 만만치 않거나 꼭 갸우뚱하는 부분이 있었다.

그런데 이곳은 톨게이트를 빠져나와 동네로 들어

내 인생의 황금기

서는 순간, 참 아늑하다 싶었다. 조용하고 정갈한 풍경이 마음에 쏙 들었다. 고속도로와 가까워 교통도 편리하고, 유치원은 물론 새로 지은 깨끗한 도서관도 있고, 초중고교에 성당까지 마음먹으면 걸어갈 만한 거리에 있었다.

분양받을 타운하우스가 들어선다는 부지도 만족스러웠다. 낮은 산을 깎아 다진 땅이라 아랫마을 풍광이 한눈에 들어왔다. 마을 너머 산풍경은 덤이었다. 뒷마당 쪽으로는 더 넓고 시원한 동네 모습이 펼쳐졌다. 참 좋다. 우리는 모델하우스가 지어지기도 전, 조감도와 땅만 보고 덜컥 계약을 했다. 10년 동안 한 아파트에 살면서 엉덩이 붙이고 섣부르게 옮겨 다니지 않은 우리가 기특해지는 순간이었다. 기다리면 기회가 오는구나.

이사 온 후 한 달 넘게 늦가을의 정취를 만끽하며 행복했다. 아침이면 새들이 울며 깨우고, 저녁에는 새까만 밤하늘에 별이 쏟아지고. 붐비지 않는 작은 읍내에는 소규모의 마트, 은행, 빵집에 카페까지 없는 게 없었다. 버스터미널이라 읽고 버스정류장이라고 이해해야 하는 그곳에 한두 시간에 한 대씩 서울로 가는 직통 버스도 있었다.

특히 오솔길 같은 마을길을 걸어나가는 게 좋았다. 가꾸지 않은 들풀들이 쑥 자라 있는 사잇길을 걸으면 마치 학교를 마치고 그린게이블스를 향해 가는 빨간 머리 앤이 된 기분이었다. 제일 걱정이었던 딸아이도 유치원에 잘 적응했다. 낯선 곳에서 괜찮을까 하는 우리의 우려는 쓸데없는 기우였다. 정말 모든 것이 우리를 반겨주는 것 같았다. 여행지의 아침 공기를 매일 맡는 것이 짜릿해 죽을 지경이었다. 그러다 겨울이 왔다. 무서운 겨울이.

어른들께서 시골 겨울 매섭다고 걱정을 하셨지만 뭘 그래봤자 겨울이지 했다. 내복 잘 입고 지낼게요. 대수롭지 않게 넘겼다. 사실 추운 걸 못 참아 아파트에 살던 시절 겨울이면 28도에 맞춰 보일러를 켜곤 했다. 땀 많은 신랑이 더워 못 살겠다며 베란다 문을 20센티미터쯤 열어놓고 머리만 그사이로 내놓고 자면, 나는 가끔 아침에 일어난 신랑 입이 돌아가지는 않았는지 확인했다.

그래, 처음 한 달은 좀 괜찮았다. 온 집 안을 뜨끈

뜨끈 달궈놓진 않았어도 그래도 어느 정도 사람이 살 수 있게 난방을 했다. 주변에서 하도 겁을 줘서 내복에 스웨터를 일상복으로 갖춰 입고 살다보니 아파트에서 만큼은 아니지만 그럭저럭 살 만했다. 그렇게 한 달이 가고 가스비와 전기세 고지서를 받고 나는 뒤로 넘어갈 뻔했다. 세상에, 한 달 난방료가 120만 원.

아직 도시가스가 들어오지 않은 지역이라 일반 LPG가 주연료인데 LPG가 그렇게 비싼 줄 전혀 몰랐다. 전기세도 그놈의 누진세 때문에 무시무시했다. 남편과 나는 그냥 입이 떡 벌어졌다. 곧바로 아이방을 제외한 모든 곳의 보일러를 잠갔다. 가스 한 줌이라도 새지 않도록.

그다음날부터 우리의 혹한기 훈련이 시작됐다. 딸아이가 유치원에 가 있는 동안은 난방을 끊었다. 두툼한 슬리퍼 안에 양말을 챙겨 신고, 내의는 물론 파카를 집 안에서 입고 있었다. 정 추우면 거위털 이불로 몸을 돌돌 말고 일을 했다. 찬 공기에 그대로 손을 노출한 채 자판을 치려니 손이 곱는 게 이런 거구나 싶었다.

참고 참다가 입이 딱딱 부딪히게 추위가 몰려오면

술을 마셨다. 술을 마시면 몸에서 열이 오르고, 얼굴부터 뜨끈해지면서 기분이 좋아졌다. 덥거나 추운 계절에 한참을 기다려 시원하거나 따뜻한 바람 한 자락을 맞은 것처럼 우울이 사르르 녹는 기분이 들었다. 그게 좋아서 나는 매일 밤 술을 마셨다.

그해 기다렸다는 듯 눈도 한없이 내렸다. 밖에 나가기 무서울 만큼. 마당은 온통 흰빛이었고 낮이면 태양을 만나 반짝였다. 처음엔 와, 예쁘다 했지만 갈수록 그 반사된 빛을 타고 적막감이 밀려들었다.

아무것도 하기 싫었다. 아니 할 수가 없었다. 연말이었다. 아이는 방학이었고. 바깥 공기는 "말할 수 없이 춥다"라는 말을 꺼내기도 전에 입이 쩍 얼어붙을 듯 차가웠다. 서점을 가기 위해 잠시 서울에 다녀온 것을 빼고 일주일 내내 같은 날의 반복이었다. 나 혼자라면 어디든 갔겠지만, 날이 추우니 아이를 데리고 움직이는 게 쉽지 않았다. 뜨끈뜨끈하진 않아도 한기 없는 집 안에서 시간을 보내는 수밖에.

한파와 폭설 속에서도 다 같이 어울려 밤놀이를 즐긴다는, 때는 바야흐로 연말연시. 조용히 아이와 추위를 견디며 시간을 보냈다. 아침에 일어나 아침밥을 먹고, 환기를 시켜 청소를 하고 빨랫감을 모으고, 잠시 교육방송을 보다가 책을 읽고 점심을 먹었다. 그림을 그리고 인형놀이와 소꿉놀이를 하다가 간식을 먹거나 기침에 좋다는 생강차를 마셨다. 그리고 어둠에 밀려 저녁밥을 먹고 서둘러 잠을 청했다. 그게 다였다.

아이를 보느라 꼼짝도 못 하는 나의 고요한 밤, 지루한 밤. 그때 나는 추위보다 더 무서운 허무를 만났다. 무가치하고 무의미하게 느껴져 매우 허전하고 쓸쓸한 마음. 난 누굴까 여긴 어딜까, 유행가 가사가 맴맴 머릿속을 떠나지 않았다.

첫눈에 반한 마을에 꿈에 그리던 이층집을 짓고 살게 된 기쁨도 잠시, 밀려오는 허무함에 어쩔 줄을 몰랐다. 이러다 애만 보면서 인생을 마감하는 건 아닐까. 조용하고 아무 일도 일어나지 않는 일상을 반복하는 삶이 내 몫의 전부인 걸까. 나도 밖으로 나가 찬 공기 아래 화사하게 웃고 싶다. 하루에도 열두 번 마음속에서 진동이 울렸다. 도시에 사는 게 맞는 것이었을까. 이것이 행복인가 아닌가. 내 속의 서로 다른 자아가 싸움을 걸었다.

그런데 정말 혹독하게 추운 겨울을 겪고 나니 거짓말처럼 봄이 왔다. 봄, 시골에서 봄을 가장 멀리 알리는 건 꽃도 바람도 아닌 물소리였다. 단 한 번의 승리로 영화로운 순간을 되찾은 개선장군처럼 콸콸콸. 조용하던 대지가 소란스러웠다. 이내 새들이 몰려오고, 초록의 잎이 살짝 올라오며 순식간에 바람을 타고 꽃향기가 퍼졌다. 정말 봄이 왔구나.

기온이 올라가면서 당장 얼었던 내가 녹기 시작했다. 봄이 오자 허무는 허무하게도 사라졌다. 처연한 흰빛의 눈이 녹고 초록의 싱그러움이 세상을 뒤덮자 삶이 바로 살 만해졌다. 그리고 그때부터 제대로 된 가평 여행을 하면서 도시를 떠난 것이 정말 큰 축복이라는 걸 알았다.

봄을 알리는 물소리를 듣기 위해 가장 먼저 찾은 곳은 이름이 없던 산을 발견한 산악인의 이름을 따서 1973년에야 이름을 지었다는 유명산이었다. 숲과 계곡이 만나는 곳에서 가만히 앉아 물소리를 듣고 있으니 왜 이 아름다운 음악을 지금까지 모르고 살았을까 싶

내 인생의 황금기

었다.

그 소리를 기억하는 것만으로 앞으로의 겨울을 잘 이겨낼 수 있을 것 같았다. 그동안 나는 바보같이 공간을 이동했을 뿐, 마음의 모드를 도시에 맞춰놓은 채였다. 경적과 전기불빛과 소음 속에 인생이 있다고 생각했던 것이다. 유명산 계곡에서 물소리를 들으면서 그제야 조금씩 도시에서 누리던 멋들어짐, 안락함, 떠들썩함, 우쭐댐 따위의 낡은 것들을 버리고 물, 풀, 꽃, 바람 같은 새것들을 받아들이기 시작했다.

유명산에 오르고, 어느 때는 조금 더 올라가 중미산 꼭대기 이모네집 포장마차에서 감자옹심이 들어간 수제비를 먹고, 시원한 산바람을 맞으며 내려오곤 했다. 산이 지겨워지면 물을 보러 떠났다. 집에서 나와 청평 방향으로 차를 몰고 회곡리를 지나 청평호수를 보고 청평대교를 넘어 호명리로 청평호반을 한바퀴 돌아나오는 길이 참 좋았다. 집에 다니러 온 동생이 "아니, 스위스 인터라켄과 다를 게 뭐야!"라고 감탄할 정도의 풍광이었다.

작은 프랑스 마을을 재현한 쁘띠프랑스로 올라가

는 쪽의 호명리 길은 중간중간 잠시 차를 대고 커피 한 잔 마시며 쉴 수 있는 쉼터가 있다. 주로 연인들이고, 간혹 가족들도 있지만 평일엔 벤치들이 거의 다 내 차지. 커피가 가득 담긴 텀블러를 들고 호숫가 벤치에 앉아 그 풍경을 바라보고 있자면 잘나가는 클럽에 가고, 좋은 차를 사고, 비싼 옷을 입지 않아도 행복할 수 있다는 걸 말해주는 듯했다.

청평댐을 만들면서 생긴 청평호수. 호수는 갈 때마다 낯설었다. 매일매일 다른 얼굴을 하고 맞아줬다. 초봄과 봄이 다르고, 봄과 봄끝이 다르고 여름의 시작이 다르고 가을의 한가운데가 다르고 길고 긴 겨울의 하루하루가 달랐다. 호숫가 가는 길에 온갖 나무들이 쭉 늘어서 있는데, 그 또한 매일매일 변했다. 내가 조금씩 나아졌다 뒤처졌다 하는 것처럼.

그 나무를 지나 호수에 이르는 여행을 일주일이 멀다 하고 떠나면서 나는 바로 오늘이 내 인생의 황금기임을 깨달았다. 언제나 제자리에 있지만 매일 변하는 저 나무와 저 물빛처럼, 나 또한 멈춘 듯하나 매 순간 변하면서 경이로운 삶을 살아내고 있다는 걸 알아버렸다. 그리하여 알 수 없는 미래나 흐릿해진 과거 속의 내가 아니라 바로 지금의 내가 가장 빛난다는 걸 비로소 인정하게 됐다.

호숫가 찻집에서 신경숙의 『어디선가 나를 찾는 전화벨이 울리고』라는 긴 제목의 소설을 읽었는데 아직도 외우고 다니는 문장이 있다. "청춘은 인생의 끝에 있어야 한다고 생각한다." 맞다. 그래, 청춘은 인생의 끝에 있어야 했다. 그랬다면 정말 알차고 야무진 청춘의 시절을 보냈을 것이다.

그러나 청춘이 어차피 맨 끝에 올 수 없다면, 그냥 지금 바로 이때가 청춘이다. 내 인생의 황금기는 바로 지금. 나이 먹은 것이 아니라 조금 더 깊어진 내가 맞이하는 새날, 새 시간. 다시는 돌아올 수 없는 오늘. 가평에서 맞고 있다.

그가 나의 이름을
불러주었다
자라섬

여름 끝의 자라섬은 황량했다. 홍수 탓에 물에 잠겼던
시설물이 아직 복구되지 않은데다, 잡풀들이 무릎 위
까지 자라 있었다. 사진을 찍기 위해 촬영 장소를 찾던
우리에게 인재진 감독은 10년 전 처음 이곳에 왔을 때
는 이것보다 훨씬 심했다며 옛 이야기를 들려주었다.

   인재진, 우리나라에서 가장 성공한 페스티벌 중 하
나인 자라섬 국제재즈페스티벌을 낳고 키운 사람. 그는
비 오면 물에 잠기는 관심 밖의 공간이었던 자라섬을
소개받고 가능성을 봤다. 포리라는 작은 섬에서 열리는

45년의 역사를 자랑하는 핀란드의 재즈페스티벌을 다녀온 그에게 자라섬은 이미 무대가 되기 충분했다.

2004년, 대충 묵은 때를 벗겨낸 자라섬에서 페스티벌이 열렸을 때 이틀 동안 사람들은 야유를 퍼부었다. 비 때문이었다. 둘째날 공연은 모두 전면 취소됐고, 티켓 반환 및 각종 배상의 문제로 비 맞은 섬이 끓어올랐다. 축제의 마지막 날까지 비는 계속 내렸다. 그러나 비를 맞으며 공연을 강행했고, 집에 가지 않고 남은 3천 명의 관객들은 비를 맞으면서 듣는 재즈의 선율에 행복해했다. 절반의 성공. 그때 그것이 아니었다면 재즈뮤지션들이 다퉈 서려는 자라섬의 무대도, 신나는 가을밤의 축제도, 지금의 자라섬도 없었으리라.

자라섬 페스티벌이 인연이 돼 몇 해 전 아예 가평 군민이 되었다는 인재진 감독과 헤어지고 난 뒤 다시 황량한 자라섬의 가운데로 들어갔다. 가난한 중국사람들이 기거하며 살았다고 해서 중국섬이라고 뜻없이 불리던 이 섬의 이름은 나중에 생겼다. 나중에 나중에 1990년대 중반인가 언제쯤 지방자치제가 활성화되고 남이섬이 인기를 끌면서 사람들은 섬에 이름을 붙여야겠다고 생각했다. 그러다가 자라목이라 불리는 산이 보인다고 해서, 비가 오면 잠기는 모양이 자라등 같다고 해서 자라섬이라고 부르기로 했단다.

자라라는 이름을 갖게 되면서 자라섬은 아름다워졌다. 우리나라 최고라는 캠핑장이 자리잡았고, 세계의 꽃과 나무를 볼 수 있는 식물원이 생겼으며, 가을밤이면 세계 재즈 팬들이 설레며 기다리는 축제의 장이 됐다. 물이 많은 험한 여름과 한겨울이면 예전의 모습처럼 수풀이 무성해지지만 그래도 자라섬은 이제 충분히 예쁘다. 누군가 이름을 불러주고, 사랑해주고 있다는 걸 안다는 듯 조금 더 조금 더 나아지고 있다.

강 위의 섬. 아름다운 자라섬의 물과 산과 숲이 보이는 풍경 앞에서 나는 그를 떠올렸다. 내 이름을 불러준 사람. 사랑으로 나를 조금 더 조금 더 나아지게 해주는 사람.

남편을 처음 만났을 때 좀더 정확히 말해 남편이 관심을 보였을 때 난 단칼에 거절했다. 분명 더 좋은 남자가 나타날 거라고 믿었다. 내 나이 고작 스물하나였다. 그런데 기다리던 좋은 남자는 나타나지 않았다.

어느 순간 모든 남자들이 그의 비교대상이 됐고, 대부분 그에 비해 덜 친절하고 덜 희생적이고 덜 똑똑했다.

스물셋이 되던 해 나는 그와의 교제를 스스로에게 허락했다. 그만큼 나를 바라봐주는 사람을 찾기 힘들거란 걸 알았다. 그 결정은 맞았다. 성격이 급해서 식당에서 밥을 먹을 때도 마지막 숟가락을 듦과 동시에 엉덩이가 반쯤 떠 있는 나는 결혼도 속전속결이었다. 스물넷이었다. 뭐가 급해서 그러냐는 불필요한 남들의 관심을 뒤로하고 그냥 해버렸다.

내 마음이야, 했지만 속내를 털어놓자면 그때 현실에서 도망가고 싶었다. 아빠의 사업 부도로 가세가 기울었고, 장녀라는 부담감이 무거운 추가 되어 옴짝달싹할 수 없었다. 남편은 좋은 사람이었다. 내 모든 무거운 것들을 나눠지겠다고 했다. 결혼 후 나는 사물함이 없는 공립학교에서 반짝반짝한 개인 사물함이 있는 사립학교로 전학 간 아이처럼 살았다. 남편은 가끔 그 사물함에 색색깔 사탕을 놓아주었다. 나는 그 달콤한 사탕을 물고, 걷다가 뛰다가 조금 날기도 했다. 그리고 결혼한 지 1년째 되던 날 스물다섯에 이미 누군가의 아내인

내게 첫 편지를 써주었다.

나의 1년 된 아내에게

늦여름이 가고, 가을·겨울·봄을 지나 다시 여름
이 산허리 저기쯤에서 걸음걸이가 갸우뚱한 오
늘, 너는 어느새 나의 1년 된 아내가 되었다.
생활의 가파른 길을 헐떡거리며 걸어올라온 탓
에, 그래서 뒹굴다 흙투성이가 되고 때로 돌부리
에 등허리가 상처 난 탓에, 아니 좀더 솔직해지
자면 이런 구구한 변명에 명백히 익숙해진 탓에
나는 네게 건네주었던 무수한 말들을 온전히 기
억하지 못한다.
물론, 나로 인해 네가 매 순간마다 포기하는 지
혜를 애처로이 깨달았음을 자인한다.

하지만, 쓰고 나면 별게 아니게 되는 내 소설처
럼 그렇게 후회와 각오도 흔적을 남기지 못할지
언정, 간혹 너의 잠든 모습을 보며 나를 반추하

그가 나의 이름을 불러주었다

곤 했음을 고백하려 한다.

나는 잠든 너에게 말해주고 싶었다. 사랑의 진정한 모습이 무엇인지 모르지만, 다만 나는 너의 곁에서, 네가 건네는 그 어떤 말에도 가만히 고개 끄덕여주는 사람으로 남겠다고.

이제껏 내가 얘기 끄트머리에 고개 끄덕여줄 한 사람을 바란 것처럼, 나 또한 네게 언제나, 그래 그러냐고, 그 내용 무엇이건 간에, 고개 끄덕일 준비를 갖추고 있겠노라고.

하여, 부디 기억하길 바란다. 나의 소원은 내가 아니라 너임을 말이다. 문득 눈앞에서 밀려나곤 해도 너를 사랑하는 간절한 마음이 언제나 내 가슴에 간직되어 있음을 말이다.

첫번째 결혼기념일에,

사랑하는 나의 1년 된 아내 재영에게

편지 속 1년 된 아내가 14년 된 아내가 된 지금까지 그는 늘 내 이름을 불러주었다. 한 번도 '너' '야'라는 의미 없는 호칭으로 대한 적이 없다. 자신이 세운 원칙이라고 했다. 사랑하는 사람을 함부로 부르지 않겠다고, 내 이름을 처음 부르면서 다짐했다고 했다. 당연하게도 언제나 그에게 난 재영이로 불렸고, 불리고 있다. 그가 처음 내 이름을 불러준 순간부터 지금까지 나는 조금씩 자랐다. 조금씩 예뻐졌다. 조금씩 쓸모 있어지고, 조금씩 대견해졌다.

다시 자라섬이다. 가을밤이다. 푸른 잔디 위에 모여 앉은 사람들은 싸늘한 밤바람에도 즐거워한다. 무대 위에는 이제는 할아버지가 된 존 스코필드 밴드가 연주를 하고 있다. 조명과 별빛과 행복에 겨워 반짝이는 눈동자들로 자라섬은 더 예뻐졌다. 저쪽에 서서 음악을 듣고 있던 그가 손짓하며 나를 부른다.

"재영, 이쪽이야!"

내 얘기 좀 들어줘

친구네 나들이

"나도 일하는 사람인데, 늘 나만 시간을 쪼개야 하고 애 방학 하면 아무것도 할 수 없고, 아이 일정에 맞춰 내 일을 조절해야 하고, 가끔은 정말 억울해."

늦게 결혼해 애 둘을 키우느라 힘들어 죽을 것 같다던 친구는 투덜대는 내 이야기를 들으며 한참을 생각하더니 자조하듯 말했다.

"엄마잖아. 엄마니까 어쩔 수 없지. 그래 우린 엄마 잖아."

엄마. 나는 엄마다. 트레이닝복에 안경을 쓴 채 후

드티를 뒤집어쓰고 돌아다니다가 가끔 아빠로 오해받기도 하지만 난 엄마다. 그냥 엄마가 아니라 일하는 엄마다. 출근도 퇴근도 없지만, 언제든 일이 들어오면 뛰어나가 미팅도 해야 하고 인터뷰도 해야 하고, 매달 마감이 정해진 원고를 쓰고 간간이 다른 사람 책에 들어갈 삿글을 쓰고, 내 책을 위한 내 글도 써야 하는 글노동자 엄마다.

그러나 세상은 아직도 '워킹맘 = 회사 다니는 엄마'라는 공식에서 벗어나지 못해서, 프리랜서 엄마들을 위한 혜택이나 시스템은 거의 전무하다. 예를 들어 유치원 종일반은 나처럼 매일은 아니지만 급하게 일을 해야 할 경우에만 아이를 맡아주길 원하는 엄마에겐 문을 열어주지 않는다. 늘 함께 생활하는 종일반 아이들에게 다른 친구들이 자꾸 들락거리는 게 방해가 되어 일정한 커리큘럼을 진행할 수 없고, 급한 일이 없어도 가끔 본인의 편의를 위해 아이를 종일반에 보내는 엄마들이 생겨난다는 두 가지 이유 때문이다. 그나마 유치원은 친정이고 이웃이고 맡길 수 없을 때 어쩌다 한번 겨우겨우 부탁해 종일반에 있을 수 있었지만, 이제 학교에 가면 그마저도 없으니 큰일이다.

이러니 급하게 생긴 미팅이나 불가피하게 잡힌 인터뷰 스케줄 같은, 아이를 데리고 할 수 없는 일들이 생겼을 땐 그야말로 난감. 대부분 아빠와 시간을 맞추려고 하지만, 그것도 불가능할 경우에는 결혼 전인 막냇동생의 월차를 강요하거나, 이웃에게 민폐를 끼치는 수밖에 없다.

그렇다면 집에서 하는 일은 어떤가. 원고 쓰는 일이야 아이가 방해하지 않을 밤시간을 이용해 잠을 줄이고 하면 된다지만 나이 먹을수록 떨어지는 체력 때문에 밤일하는 게 쉽지 않다는 게 함정이다.

에세이 원고를 쓰고 있는 지금 바로 이 순간 같은 경우도 오늘 하루를 꼬박 책상에 앉아 있어야 일정을 맞출 수 있는데, 방학을 맞은 아이는 5분에 한 번씩 엄마를 부른다. 안 되겠다 싶어 엄마 책 제목 열 개만 생각해보라고 고민거리를 던져주니 "1번 '여행 관심' 어때?" "2번 '여행을 떠나다'." "3번 '여행을 떠나요' 아니다, '함께 떠나요' 그것보다 '함께 가자'가 좋을까?" "이건 어때? '역시 여행이야' '여행은 딱 좋아' '여행을 가면 느낌을 알 수 있어' '멀지만 재밌어' '여행은 보는 거야'는?" 이러면서 30초에 한 번씩 시답잖은 제목을 늘어놓으며 감상을 말하라고 강요하고 있다. 나는 지금 막 소리지르려다가 참았다. 엄마는 언제나 온유하며, 엄마는 언제나 오래 참고…… 제발, 저를 시험에 들게 하지 마옵소서.

물론 일도 하고 돈도 벌면서 아이가 크는 모습을 고스란히 지켜볼 수 있다는 건 정말 행운이다. 행운이긴 한데, 이 행운을 쥐고 있기 위해 물 아래서 정말 힘들게 발짓을 하고 있다. 프리랜서는 고되다. 남들처럼 매일 일하지 않아도 돈을 벌 수 있어 편안하고 쉬워 보이지만 실상은 남들 놀 때도 일하고 쉴 때도 일해야 하는 운명의 직업군. 게다가 여러분, 우리는 4대 보험도 연말정산도 없는 비정규직. 찾는 이 없으면 사라질 운명이에요.

그날 하소연을 늘어놓는 내게 친구는 우리는 엄마니까 어쩔 수 없다며 그래도 넌 일이 있어 좋겠다고 했다. 그러면서 그래 일하느라 얼마나 힘들겠니 하며 마음을 다독여주었다.

　　내 얘기 좀 들어줘

좋은 부모님 아래 언니 동생 네 자매가 함께 자란 친구는 정이 많고 평화로운 아이였다. 많이 받은 사람이 많이 베푼다고, 사는 곳도 하는 일도 달라진 우리의 인연이 끊어지지 않은 것은 전적으로 친구의 배려 덕이었다. 오래전 일기장에 적어놓은 함석헌 선생의 시 「그 사람을 가졌는가」를 떠올릴 때마다 나는 그 친구를 생각한다. 나의 그 사람. 고등학교 1학년 때 같은 반이 된 후 지금까지, 요란하게 붙어 다니지 않았지만 우리는 여전히 가깝다.

지금도 나는 잊지 못한다. 차압 딱지가 붙고 집안이 풍비박산 났던 그해 생일날 아침. 초인종이 울리고 빚쟁이는 아닐까 조심스럽게 문을 열었을 때, 친구가 꽃다발을 한 아름 들고 서 있었다. 난 그저 멍했다. 들어오라고 했지만 어수선한 사정을 안다는 듯 생일 축하한다는 말만 남기고 서둘러 돌아나갔다.

아마 어려운 걸음이었을 것이다. 친구네 집에서 우리 집까지 버스로 30분 넘게 걸리는 물리적인 거리도 쉽지 않았겠지만, 꽃다발을 전해주기까지 많은 고민이 있었을 것이다. 열아홉의 우리는 친구의 아픔을 다 알면서 무심하게 축하를 건넬 만큼 세련되지 않았으니까. 그런데 연습이라도 한 듯 어설픈 위로 없이 아주 쿨하게 꽃다발에 오직 축하만을 가득 담아주고 떠났다. 택배가 없던 시절, 모든 축하와 위로를 본인이 해결해야 했던 때, 아직 어렸던 내 친구는 누구의 도움도 없이 훌륭히 그 일을 해냈다.

아무 일 없이 돌아가는 세상의 상쾌한 아침 공기를 머금은 꽃다발을 안고 난 많이 울었다. 고맙기도 하고, 나에게 이런 친구가 있다는 게 감사해서 울었다. 울면서, 세상에서 고립된 것 같던 그 시절 누군가 먼저 찾아와주고 기억해주었다는 사실만으로 다 괜찮아진 것 같았다. 울면서, 은혜 갚은 두꺼비처럼 두고두고 갚아주겠다고 다짐했다.

그러나 나는 갚지 못했다. 바로 대학에 입학하고 등록금을 마련하기 위해 쉴 새 없이 아르바이트를 하느라 자주 친구의 생일을 잊었다. 그래도 친구는 늘 부모님 도움 없이 학교에 다니는 내가 대단하다고 칭찬해주었다. 대학 졸업식장에서도, 결혼을 했을 때도, 처음 아파트를 계약했을 때도, 첫 차를 샀을 때도 "넌 정말 대단해"라는 말을 잊지 않았다. 그러면 그 한 마디에 괜히 기운이 나곤 했다. 그저 나는 그렇게 계속해서 받기만 했다. 받기만 하고 지금까지도 아무것도 해주지 못하는 나에게 괜찮다며 늘 곁에 있어주는 내 친구.

같은 학교 같은 반이었던 우리는 이제 다른 삶을 산다. 뒤늦게 결혼해 아이 둘의 엄마가 된 친구는 전업주부. 나는 별 볼일 없이 바쁘기만 한, 아이 키우는 프리랜서 글노동자. 그런데 어느 날 친구에게 전화가 왔다. 아이 둘을 키우는 게 너무 힘들다며 그대로 자신이 사그라들 것 같다고 했다. 좋은 부모님 밑에서 착실한 신랑을 만나 가장 하기 어렵다는 평범함을 누리고 사는 친구를 부러워만 하던 나는 깜짝 놀랐다. 걱정 근심 없을 것 같은 친구가 외벌이의 불안함, 공허하게 흐르는 야속한 시간, 영영 아무것도 못 할 것 같은 두려움이 갑자기 밀려온다는 이야기를 했을 때 가슴이 쿵 내려앉았다. 나만 힘든 게 아니었구나. 친구야, 너의 하루도 고되긴 마찬가지였구나.

우리는 만나기로 했다. 차를 몰아 세 개의 고속도로를 거쳐 친구네 집에 도착했다. 근심 없던 시절의 우리처럼 서로 어울려 노는 아이들을 보면서 서로의 얘기를 들어주었다. 친구에게 털어놓는 것만으로, 아무 일 없이 돌아가는 세상의 상쾌한 아침 공기를 머금은 꽃다발을 다시 받은 기분이었다.

우리 이제 조금만 힘들어하자.
세상은 저 혼자 돌아가고 우리는 외로워도
네가 나를, 내가 너를 기억해줄 테니까.

시간이 구르는 곳

부산

일련의 사건으로 패닉 상태에 빠져 진공 같은 하루를 보냈다. 일련의 사건이라 함은 첫째 나와 비슷한 생각을 담은 책이 나왔다는 것이었고, 둘째 그 책의 저자는 나와 비교할 수도 없이 알려진 사람이라는 것이었다.

두근거리는 마음을 진정시키며 전혀 놀랍지 않은 척 읽어보았다. 역시 나와 별다르지 않았는데, 바로 그 별다르지 않은 점에 안도하면서도 한편으로 그 별다르지 않은데도 주목을 받고 있다는 점 때문에 미친 듯이 슬픔이 밀려왔다.

내 원고 작업이 지지부진한 데는 육아와 병행해야 했던 탓도 있지만 '무명씨'라는 설움이, 그것으로 인한 주눅이 컸다. 나와 크게 다르지 않은 이야기라도 빛나는 타이틀과 화려한 인맥이 있다면 단숨에 주목을 받는데, 변변히 내세울 것 하나 없는 내가 뭐라고 누군가를 위로할까? 에세이라는 걸 쓸 자격이 있는 걸까?

온갖 비약과 자괴감에 시달리던 몸은 결국 반항을 했고, 하루 종일 진통제를 먹어야 했다. 마지막으로 노란 알약 두 알을 입에 털어넣는 그 순간까지 '꼴에 글 쓴답시고'라며 스스로를 향한 비아냥을 멈추지 못했다.

번뇌와 고민으로 밤을 홀랑 태우며 욱신거리는 몸과 마음을 어쩔 줄 몰라하고 있을 때 하필 그의 노래가 아이팟 랜덤에 걸려 흘러나왔다. 달빛요정역전만루홈런의 〈절룩거리네〉. 이렇게 표현하기 정말 싫지만, '이제는 고인이 된' 원맨밴드 달빛요정역전만루홈런을 어느 겨울의 끝에 처음 만났다. 인터뷰 때문이었는데 그때 그에게 이런 질문을 던졌다.

"루저의 왕이라는 호칭에 대해 어떻게 생각하세요?"

"루저의 왕이라구요? 제가 아니죠. 루저의 왕은 장기하죠. 시작은 저였을지 모르지만, 사람들은 모두 장기하만 기억해요. 장기하는 서울대니까요. 우리나라는요, 루저도 서울대 나와야 1등 하는 세상이에요."

나는 그 이야기를 듣고 당황해했다. 그렇지 않다고 하기엔 너무 맞는 말이었다.

그날 이후 나는 달빛요정역전만루홈런 이진원의 노래를 좋아하게 됐다. 알고 보니 우리는 시대가 낳은 쌍둥이였다. 물론 그는 1등이 아닐 뿐 사회적 피라미드로 치면 나보다 훨씬 위칸으로 분류되는 사람이지만 어쩐지 1등이 아니라는 점이 마음에 들었다. 내심 그가 언젠가 '1등이 아닌 우리들' 대표로 1등을 하길 바라고 있었다. 나는 못 해도 당신은 해낼 거라고 진심으로 응원했다. 1등이 무조건 좋은 건 아니지만, 그냥 달빛요정역전만루홈런이 역전만루홈런을 치고 1등을 하면 내 일처럼 기쁠 것 같았다. 속이 후련할 것도 같았고.

그런데 장기하보다 달빛요정의 노래가 훨씬 좋아졌을 때 그는 다른 세상으로 떠났다. 두 번의 인터뷰와 한 번의 술자리가 전부인 인연이었지만 많이 슬펐다.

다음에 술 한잔 더 하자던 약속 대신 여의도성모병원 빈소에 사진 한 장으로 남은 그에게 절을 하고 돌아온 그 초겨울의 기억. 캄캄한 밤을 삼키던 무거운 슬픔.

절룩거리네, 음악이 끝난 후에도 오래도록 싸늘하던 그 밤의 슬픔이 달빛을 따라 다시 머무르는 것 같았다. 무엇이 옳은 삶이고, 어떤 것이 맞는 답일까.

나는 온전히 나의 이야기를 쓰면서 사는 것이 꿈이었다. 그것이 미치도록 하고 싶었다. 하지만 내 첫 직장은 모 자동차회사에서 발행되는 월간 잡지를 만드는 곳이었다. 도로에 나가면 세 대 중 한 대는 그 회사의 마크를 달고 있는 바로 그 자동차들의 주인에게 발송되는 잡지였다. 이후 계속해서 그 언저리를 맴돌았다. 어느 전자회사의 고객들에게, 어느 카드회사의 고객들에게, 어느 은행의 고객들에게 전해지는 책들을 만들면서 그들에게 읽혀줘야 하는 글들을 썼다. 그때 다섯 줄을 쓰기 위해 며칠을 고민하곤 했다. 정보성 기사이거나 혹은 뻔한 인터뷰 기사에서 내 생각을 온전히 담을 수 있는 전문 다섯 줄이 나에겐 전부였다.

모든 것은 가까이 경험해봐야 그 진짜를 아는 법.

환상이라는 거품을 걷어낸 현실은 언제나 조금은 참혹하다. 회사를 그만두고 프리랜서 작가로 일하는 삶은 고요보다는 야단에 가깝다. 사람들은 프리랜서를 놀면서 일하는 것쯤으로 생각한다. 정시에 출근하고 퇴근하지 않으면 어떤 일을 하는 건지 이해하지 못하는 사람들이 꽤 많다. 프리랜서는 남들 일할 때 노는 것 같지만 사실 남들 놀 때도 일을 한다.

달빛요정역전만루홈런은 말했다. 음악을 하면서 먹고사는 게 만만치 않지만, 그래서 10년 동안 제자리인 것 같은 삶이 짜증나 미치겠지만, 루저의 왕도 서울대 나온 장기하한테 빼앗겼지만 그래도 자기는 음악이 좋다고. 그래, 그의 말이 맞다. 하면 할수록 처참하게 까발려지는 나의 실체를 알게 되지만 나 역시 글 쓰는 삶이 좋다. 아무도 알아주지 않는 무명씨의 삶일지라도. 그리고 정말 우연하게 내 이름의 책을 내고 이제 두번째 책을 위해 이렇게 원고를 쓰고 있다. 미치도록 하고 싶던 일을 하게 된 것이다.

하지만 이 글을 읽는 당신이라면 참고하시길. 미치도록 하고 싶은 일은 하지 말아야 편하고 미칠 듯 그리운 사람은 안 보는 게 낫고 미치게 가고 싶은 곳은 가는 게 옳다는 사실을. 그러니 내장까지 바람이 차 마음이 뒤숭숭할 땐 차라리 여행을 떠나는 것이 정답. 어디든, 가야겠어.

기차를 타고 멀리 가고 싶었다. 지하철이 온 가족이 모여 북적이는 거실이라면, 기차 안은 자기만의 방과 같다. 한적한 기차 안에서는 학창시절 내 방에서처럼 무엇이든 할 수 있다. 누구의 방해도 받지 않고 책을 읽고 음악을 듣고 생각을 할 수 있기 때문에 기차를 타고 오가는 것만으로도 충분한 가치가 있다.

　마음 같아선 보드카가 든 짐을 바리바리 싸들고 블라디보스토크로 가 시베리아 횡단열차라도 타고 싶었지만 내 발은 땅에 붙어 있으니 현실 가능한 일에 소중한 시간을 쓰기로 했다. 단 하루의 시간, 단 한 번의 기차여행, 멀리 가되, 다시 돌아올 수 있는 곳 어디 있을까? 서울역에 도착해보니 괜한 고민을 한 것 같았다. 부산으로 가면 됐다. 기차 안에서의 시간도 충분히 확보하고, 또 기차가 잦아 시간 맞춰 돌아오는 데 문제없

　　　시간이 구르는 곳

었다. 마침 부산에 갈 때마다 놓친 보수동 책방 골목이 떠오르기도 했다. 후다닥 다녀오자.

평일이라 그런지 비교적 한가한 열차 안. 역시 조용했다. 빠르게 지나는 기차와 창밖의 풍경을 바라봤다. 늘 일과 육아와 살림으로 씨름하는 야단스런 인생에 잠깐의 고요함이 찾아왔다. 심란한 마음을 추스를 때쯤 부산역에 도착했다는 안내방송이 나온다. 드디어 부산이구나.

부산은 부산만의 문화가 있어서 좋다. 어느 도시나 그렇지만 부산은 특히 그렇다. 절대 서울의 꽁무니에 서 있지 않겠다는 뚝심 같은 게 있다. 제2의 도시이니 나란히 걷겠다는 패기도 있다. 크고 많은 것을 따라가기보다, 조금 작아도 스스로 만들고 즐기는 문화를 만들어간다. 그래서 대한민국 어느 도시보다 크게 자란 문화 콘텐츠들도 아주 많다. 부산은 해운대 말고도 보고 즐길 게 넘쳐난다.

하지만 호박마차 변신하기 전에 서둘러 들어가 아이 저녁밥 지어줘야 하는 줌데렐라 신세. 서울이나 부산이나 한결같이 내리는 장맛비를 뚫고 뛰어가 우산을 접으며 택시를 잡아타고 외쳤다. "아저씨, 보수동 책방 골목 가주세요!"

보수동 책방 골목 입구에 도착하자 비는 거세졌고, 골목 안 헌책방 처마 밑 낙숫물이 양동이 속으로 빠르게 떨어지고 있었다. 그 좁은 길을 우산을 쓰고 걸으면서 후두둑 빗소리를 듣는 것만으로 어질러진 마음이 많이 정리되는 것 같았다.

이리저리 기웃거리다 들어간 곳은 "모든 책은 헌책이다"라는 글귀가 인상적인 헌책방이었다. 1, 2층도 모자라 지하까지 빽빽하게 책이 진열된 곳에서는 외갓집 냄새가 났다. 나무로 된 바닥, 계단, 책장, 세월을 머금은 책들의 냄새.

그곳에선 시간이 보기 좋게 굴러가고 있었다. 그냥 흘러 사라지는 시간이 아니라, 과거와 현재 그리고 미래가 깎이고 채워지면서 구르는 시간. 누구라도 그 시간의 커다란 원 안에 들어가면 기억하고 싶은 어느 날이라도 만날 수 있었다. 나도 오래된 책들 사이에서 여러 번의 이사로 버려진 나의 옛 책들을 발견할 수 있었다. 그리고 그 책등을 보는 것만으로 벌써 옛 기억으로 빨려 들어갔다.

금성출판사 세계문학전집 『데미안』. 어릴 때 이상하게도 엄마 친구이거나 아빠의 옛 직장동료 중 꼭 책 외판일을 하는 분이 한 분씩 있었다. 엄마건 아빠건 어느 쪽이라도 부탁을 받으면 마지못해 무슨 무슨 출판사의 세계문학전집 같은 것을 들여놓고 상대에게 핀잔을 듣곤 했는데, 대부분 그런 책들은 유리문 달린 책장에 전시용으로 꽂혀 있었다. 물론 『젊은 베르테르의 슬픔』이나 『폭풍의 언덕』 『데미안』을 꺼내 읽긴 했다. 그것 역시 '나 이런 것도 읽었다'는 전시용이었을 뿐 내용을 제대로 이해하지도 못하던 시절이었다. 그래도 초등학교 4학년, 무거운 책가방 안에 쑤셔넣고 다니던 『데미안』은 솔직히 말해 반의 반도 이해하진 못했지만 내 자존심의 상징으로 너덜너덜해진 채 늘 가방 안에 있었다. 『데미안』을 보니 내가 특별하다고 생각했던 참 철없던 시절이 생각났다.

지하로 내려가니 잡지들이 모여 있었다. 한때 정말 열심히 모았던 〈월간 연극〉도 보이고 한쪽에서 〈스크린〉이 반갑게 날 맞아주었다. 나의 장국영 시대를 함께한 잡지 〈스크린〉. 중학교 때 나는 장국영의 광팬이었다. 9남매였던 장국영이 특히 다섯째 누나랑 친하다는 기사를 읽은 뒤로, 스무 살이 되면 홍콩으로 건너가 장국영 다섯째 누나와 먼저 친해진 뒤 길을 모색해보겠다는 구체적인 계획까지 세우며 매일 밤 장국영 오빠네 홍콩 집에 시집 가는 꿈을 꿀 정도였다.

초콜릿은 '투유'만 먹었고, 장국영이 방한했을 때 엄마 몰래 방송국 앞에 가서 기다렸다가 리무진 버스 안에 타고 있던 그의 얼굴을 사진에 담았으며, 학교 앞 레코드가게 아저씨에게 부탁해 홍콩에서만 판매되는 레코드를 구해 듣고, 가끔 친구들을 집으로 불러 장국영 영화 상영회를 열기도 했다. 〈영웅본색〉을 보고 또 보고 똑같은 장면에서 울고 또 울었다.

내 방은 작은 장국영 자료실을 방불케 했는데, 우리 엄마에겐 그냥 귀신 나올 것 같은 방으로 불렸다. 하루 일과의 마지막은 새로 산 오빠의 앨범을 LP 전용 비닐 커버로 곱게 포장하거나 〈스크린〉 같은 잡지에 나온 오빠의 사진을 오려 스크랩하면서 혹시 없어진 것은 없는지 한 장씩 꼼꼼하게 세어보는 것이었다.

물론 그 시절 장국영 한번 안 좋아한 여학생은 없겠지만, 그중 3분의 1은 유덕화나 주윤발, 알란 탐 같은 다른 홍콩 배우에게로, 그중 3분의 1은 뉴키즈온더블록 쪽으로 가버렸다. 배신자들이 속출했지만 나는 지조를 지켰다.

　　그때는 정말 사방이 적이었다. 다른 배우로 갈아타고 오빠를 욕하는 애들도 적이었지만, 나와 같이 국영 오빠를 좋아하는 애들이 가장 큰 적이었다. 오빠는 내 건데! 안 되겠다는 생각이 들어서 명찰 만드는 집으로 달려가 장국영이라는 명찰을 하나 만들어 달고 다녔다. '오빠는 내 거'라는 확실한 표시를 하기 위해서였는데 학생주임 선생님에게 딱 걸린 어느 날, 정말 홍콩 영화 한 편을 찍었다. (진짜 부끄럽기 짝이 없는 에피소드.)

　　복도에서 우연히 마주친 학생주임 선생님이 나의 이름표를 보더니 불러세워 네 이름이 장국영이냐며 물었고 나는 천연덕스럽게 우리 남편 이름이 장국영이라고 대답했다. 선생님은 잠깐 움찔하더니 이내 평정을 되찾고 당장 떼지 않으면 궁둥이를 열 대 때리겠다고 엄포를 놓았다. 수많은 엉덩이를 스치며 반질반질해

부산　　　　　　129

진 학생주임 선생님의 몽둥이가 두렵지 않은 바 아니었으나 나는 오빠를 배신할 순 없었다. 울며불며 못 뗀다고, 오빠는 내 거라고 차라리 맞겠다며 고집을 부렸다. 화가 난 '학주'는 장국영 명찰을 부러뜨렸고, 나는 바로 가서 다시 만들었다. 그러면 '학주'는 부러뜨리고 난 또 다시 가서 만들고 그러면서 어느새 유덕화, 주윤발, 알란 탐, 곽부성, 이런 이름표를 단 애들이 생겨났다. 들불처럼 들고 일어난 것이다. 멋진 오빠를 둔 세상 모든 아이들이! (요즘 보니까 아이돌 이름을 이름표로 만들어 다는 여학생들이 종종 보이던데, 그거 이 아줌마가 제일 먼저 한 거란다. 인천에서의 내가 원조집이라고.)

〈스크린〉을 보며 그때 생각을 하니 웃음이 나왔다. 고민이라야 나는 왜 동생이 둘이나 될까, 엄마는 이번 소풍 때 새 옷을 사줄까, 아빠 회사에 찾아가 엄마 몰래 비비화 살 돈 좀 달랠까, 제물포 지하상가 가방 집에서 주황색 앙앙 가방 사고 싶다, 레코드가게 아저씨가 장국영 오빠 새 앨범 구해왔을까, 교복 예쁜 송도고등학교 오빠들이 우리 옆 학교면 좋겠다, 아줌마 같은 교복바지 입기 싫다, 바른손에 새로 나온 필통이랑 공책 사러 가야 하는데 용돈이 떨어졌네, 토요일 날 동생들 몰래 롯데리아 가서 데리버거 세트 먹고 집에 가도 될까, 내가 좋아하는 체육 선생님을 예쁜 애가 좋아한다는데 한판 붙을까, 담임 종례 정말 긴데 도망칠까, 막내이모 예쁜 옷 샀던데 언제 몰래 입어보나, 앞머리에 스프레이 뿌린 거 선도부한테 안 걸렸으면 좋겠다 등등. 지금의 고민들과 비교해보면 아.무.것.도.아.닌 일들이었지만 그런 것들로 삶이 버거웠던 우스운 시절이었다. 어쩌면 지금의 고민도 훗날 아.무.것.도.아.닌 일들이 되는 건 아닐까. 지금 난 좀 덜 심각해도 되는 게 아닐까. 그냥 즐겁고 행복하기만 해도 괜찮겠다. 이름이 나고 안 나고가 뭐가 중요해, 나는 나이고 지금 하고 싶은 일을 하면서 살고 있는데. 바닥까지 떨어졌던 자존감이 다시 찰랑찰랑 차올라왔다.

보수동 어느 헌책방에서 그래도 지금보다 더 많이 웃고 작은 것에 더 즐겁던 시절을 떠올리며 행복했다. 마음만은 차가운 옹달샘처럼 맑고 맑던 그때, 스노우진을 입고 최고 패션 리더인 양 목에 힘주고 다니던, 내 방 침대 위에서 별밤지기 아저씨가 전해주는 음악만 들어도 행복해지던, 엄마 밥 매일 먹을 수 있던 그때로 잠시 돌아간 것 같았다. 이 책 저 책 한참을 들춰보며 시간여행자가 되었던 보수동 책방 골목. 그곳은 바르기만 하면 상처를 감쪽같이 없애준다는 연고 같았다.

그날의 부산 여행에서 시간은 쫀득하고 밀도 높은 둥근 빵처럼 부드럽고 향기로웠다. 돌아오는 기차 안에서 나는 내가 아무것도 아니고 화려한 인맥도 없을뿐더러 이름나지 않았지만 상관없다고 결론 내렸다. 더이상 그것에 마음 쓰고 힘들어 하지 않기로 했다. 1등이 아니어도 누구도 알아주지 않아도 나는 나만의 역사가 있었다.

누군가가 나의 역사를 통해 자신의 역사를 돌아보며 웃을 수 있다면 그걸로 충분하다. 내 글의 임무는 거기까지. 훌륭하고 멋지진 않지만, 그냥 그대로의 삶이 행복이고 애틋한 추억인 세상 대부분의 무명씨들을 위해 브라보!

할머니 안녕

6번 국도

할머니는 때때로 엄마 뱃속에서 나온 나와 처음 마주한 날을 이야기하곤 했다. 내가 기억할 수 없는 시간이다. 나는 지금도 할머니와의 마지막을 떠올린다. 할머니와 나눌 수 없는 시간이다. 사이좋게 반반씩 처음과 마지막을 기억하는 할머니와 나.

봄이 막 시작될 때쯤 인천에 계신 할머니를 찾아갔다. 할머니는 누워 있었다. 물기가 다 빠진 푸석한 북어처럼 할머니의 몸은 납작했다. 반가움에 희미한 미소를 띠는 할머니에게 대뜸 잔소리를 퍼부었다. 일어나서 움직여보라고, 자꾸 움직여야 근육도 붙고 걷게 된다고 다그쳤다. 할머니는 알았다고 했다. 괜히 미안해져서 같이 간 딸아이에게 노래를 시켰다. 보라색 고운 꽃 도라지꽃 아기별이 잠시 내려와 나비와 친구 되어 뿌리내린 예쁜 도라지꽃. 낯가림이 심해 시켜도 잘 하지 않던 아이는, 웬일로 군소리 없이 율동을 섞어 노래를 불렀다. 할머니는 다시 웃었다.

할머니를 간병해주고 있는 아주머니가 이불을 들춰 할머니 몸을 모로 누이더니 커다란 욕창 자국을 보여주었다. 덕지덕지 고름과 딱지가 앉은 할머니의 등. 오래도록 내가 업혀 있던 등. 할머니는 첫째인 나를 시작으로 막내 사촌동생에게까지 그 등을 내어주었다. 욕창 자국은 할머니의 등에 새겨진 고단한 인생의 상징 같았다. 나는 인정하고 싶지 않았다. "일어나, 빨리. 이사 간 집 공기도 좋고 풍경이 참 좋아. 할머니 우리 집 안 와볼 거야? 어서 걸어, 몸 좀 나아지면 내가 모시러 올게." "그랴." 우리의 마지막 대화였다.

한 달 후 다시 찾은 할머니는 듣지도 말하지도 못하는 간성혼수상태였다. 정신이 없는 할머니를 붙잡고

할머니 안녕

정말 고맙다고 했다. 이렇게 사람 노릇 하고 살 수 있게 잘 키워줘 감사하다고 그 은혜 잊지 않겠다며 말을 하고 또 했다. 그것만큼은 할머니한테 꼭 전해주고 싶었다. 미리 얘기할걸, 그렇게 중요한 얘기를 마지막이 되어서야 다급하게 숙제하듯 해버리다니. 미련한 인간.

이틀 후 할머니는 떠났다. 눈 오는 날 넘어져 걷지 못하게 된 채로 침대에 누워 2년을 보내다가 다시는 돌아올 수 없는 길로 가버렸다. 4월 9일. 기상이변으로 더디 피기 시작한 봄꽃이 막 망울을 터뜨릴 때였다.

빗속에서 삼일장을 치르고 할머니는 화장됐다. 할머니는 나에게 처음으로 숨을 쉬지 않는 사람의 모습을 보여주었고, 처음으로 가루가 되어버린 사람을 만나게 해주었고, 처음으로 누군가를 떠나보내는 이의 해지는 가슴을 알려주었다. 그렇게 나에게 마지막까지 삶의 경험들을 가르쳐주고 할머니는 경기도 이천에 있는 문중 납골당에 자그마한 단지 하나로 남았다.

사십구재는 양평 양산사에서 하기로 했다. 양산사는 예전부터 외가 어른들과 알고 지낸 스님이 주지인 절이었다. 그곳에서 매주 한 번 제사를 지내고, 마지막

일곱번째 주가 되는 날 진짜 사십구재를 지내기로 했다. 요즘은 다들 사는 게 바빠 49일째 당일 날 하루 제사를 지내는 게 익숙하지만, 원래 사십구재는 7일에 한 번씩 일곱 번의 제를 지내는 의식이라는 걸 어느 책에서 읽은 나는 매주 내가 절에 가겠다고 했다. 할머니와 천천히 이별하고 싶었다.

할머니와의 이별은 국도 위에서 천천히 진행됐다. 양산사는 6번 국도에 있었다. 내가 국도 여행을 좋아하는 걸 알기라도 하는 것처럼 할머니는 그곳에서 마지막 시간을 내주었다. 국도는 흐르는 여행이 가능했다. 그래서 좋았다. 언제든 마음이 울적하거나 답답할 때면 가까운 국도로 습관처럼 떠났다. 목표지점 어디에 점을 찍고 선을 긋는 여행이 아닌 마음이 가는 대로 흐르는 여행.

국도의 매력에 빠진 건 대학시절 지금의 남편이 포함된 무리들과 떠난 7번 국도 여행에서였다. 동해바다와 설악산 등 강원도 절경을 양 옆에 끼고 움직이는 환상적인 그 길 위에서 나는 어렴풋하게 어른이 됐다. 실수도 많고 뭐든 서툴던 스무 살, 길 위에서 보냈던 며칠은 많은 생각을 하게 해주었다. 저 산으로 가자, 저 바다로 가자 쑥꾹 쑥꾹 떠들어봤자 결국은 그 길 위라는 걸 알았다. 그리고 인생의 목표라는 것의 의미에 대해 다시 한번 떠올렸다. 바다를 지나면 산이 나오듯, 벗어나고픈 답답한 청춘의 현실도 자연스럽게 흘러갈 것이라는 것도 알게 됐다.

술은 좋아하는데 생각보다 많이 못 마시고, 마시면 자꾸 길 위에 흔적을 남긴다는 것도, 다른 사람보다 오래 뛰진 못해도 오래 걸을 수는 있고, 흠모했던 그 사람이 나에게 조금은 관심이 있어 보였지만 사실은 다른 사랑을 하고 있었다는 것도, 생각지도 못했던 그가 나를 많이 좋아한다는 것도 그 길 위에서 알게 됐다. 만약 그때 점 하나를 찍는 여행을 했다면 지나치게 뜨거워 시들시들 말라가던 내 청춘은 그대로 연소됐을 것이다. 하지만 다행히 길 위를 따라 걸으며 내 청춘은 시원한 소나기를 맞고 다시 생기를 찾았다.

49일. 우리 집 앞 37번 국도를 지나 45번 국도를 거쳐 6번 국도로 들어오는 그 길 위에서, 나는 이별의 아픔과 할머니를 잃은 슬픔을 위로받고 다시 생기를 찾을 수 있을 거라고 막연히 생각했다.

양산사는 우리 집 앞 37번 도로를 타고 유명산과 중미산 고개를 넘어 45번 국도를 지나 다시 6번 국도로 갈아타면 나왔다. 차로 40여 분. 길 안쪽에 숨은 듯 있는 절은 전통이 느껴지는 웅장한 모습은 아니었지만, 크고 화려했다. 법당 문을 열면 양평의 아름다운 산세가 그림같이 펼쳐졌다. 다행이야, 할머니. 바람도 시원하고 하늘도 잘 보이는 곳이어서.

내가 기억하는 최초의 절은 유치원 무렵 할머니 손을 잡고 갔던 구인사다. 평소 부처님 말씀이 진리라고 생각하던 할머니는 절 이야기만 나와도 얼굴이 환해지곤 했다. 아픈 딸을 대신해 손녀딸을 키우고 시어머니 시집살이까지 해야 했던 할머니에게 절은 안식처였다.

며칠 동안 긴 기도를 해야 할 때면 절에 나를 데리고 가기도 했다. 지금도 생각나는 건 커다란 방과 커다란 방석들, 할머니 손을 잡고 모르는 사람들 틈에서 밥 말아 먹던 우거짓국. 그리고 이어지던 기도. 그 시절 구인사에 계시던 양산사 주지스님은 그때의 나를 기억했다. 아이가 아닌 아이의 엄마가 된 나를 놀란 눈으로 바라봤다.

첫 제사를 지내면서 나는 많이 울었다. 작은 사진 속에 무표정한 할머니가 낯설어서, 할머니에게 절을 올리는 내가 낯설어서 울고 또 울었다. 젯밥 위 젓가락을 나물에서 산적으로 옮겨놓는데 사과며 배, 오렌지를 쌓아놓은 게 보였다. 울 할머니는 참외를 좋아하는데.

할머니는 울퉁불퉁한 마디 굵은 손가락으로 노란 참외를 위에서 아래로 쓱쓱 벗겨서, 아기 새처럼 모여 앉아 있는 손주새끼들 입에도 넣어주고 당신도 드셨다. 여름이면 외갓집 툇마루 할머니가 '오봉'이라 부르던 은색 스테인리스 쟁반 위에는 늘 노란 참외껍질과 칼이 놓여 있었다. 한바탕 놀고 들어가 할머니가 깎아주는 참외를 먹을 일은 이제 없겠구나. 할머니가 해주던 시래기 듬뿍 넣은 김치찌개도 이제 먹지 못하겠구나. 할머니가 명절이면 만들어주던 밥알 가득한 식혜도 이젠 먹지 못하겠구나.

늘 라면처럼 구불거렸던 할머니 머리카락, 나를 쓰다듬던 할머니 손, 파 하고 터뜨리던 할머니의 웃음소리, 어떤 것도 보고 듣고 만질 수 없게 됐구나. 죽음은 단순한 시각적 이별이 아니었구나. 촉각과 청각과 미각, 모든 감각으로부터의 분리였구나. 슬픔이 모든 감각을 통해 밀려왔다.

일곱 번의 제사를 지내고 할머니와 진짜 이별을 하던 날, 5월에 접어든 국도의 봄은 어린아이처럼 천진했다. 새들은 발랄하게 울었고, 나무들은 뽐내듯 싹을 틔웠다. 마지막까지 고마운 우리 할머니. 이렇게 화창하게 좋은 날 꽃비 아래 이별하게 해준 우리 할머니.

눈물 속에 할머니를 보내고 돌아오는 길, 5일장인 양평장에 들렀다. 3일과 8일 그리고 토요일에만 열리는 제법 큰 장터에서 할머니가 좋아하던 참외 한 봉지와 할머니가 잘 담그던 식혜 한 통을 샀다. 그리고 국도 길을 달렸다.

장이 열린 양평터미널을 지나 옥천냉면으로 유명한 옥천면에 들렀다가, 중미산을 넘으면서 잠시 서종면 정배리로 빠졌다. 중미산천문대를 거쳐 문호리와 북한강변을 끼고 삼회리 청평대교, 회곡리 청평호수를 지나며 국도 위 풍경 속에 할머니와의 추억을 담았다. 앞으로 언제든 집 앞 그 길을 지날 때면 기억할 수 있도록. 5월

할머니 안녕

의 국도는 또 한 번 나를 받아주었다. 우리 할머니가 그랬던 것처럼 따뜻한 품속으로.

다 가슴 뛰는 탓이야

제주도

나는 지적 허영보다 사적 호기심이 왕성한 사람이다. 때문에 보부아르의 소설보다 사르트르와의 연애가 궁금하고, 야사나 뒷얘기에 관심이 많으며, 헐리우드 파파라치 사진을 챙겨보고, 비행기를 열 시간 넘게 타고 기껏 도착한 남의 나라에서 빨래 널려 있는 동네를 구경하는 걸 좋아한다. (빨래를 보면 대충 어떤 사람이 사는지 짐작할 수 있으니까.) 그 겨울의 끝 제주도 여행을 택한 공식적인 이유는 지긋지긋한 겨울을 벗어나 서둘러 봄을 만나고 싶어서였지만 사실은 화가 이중섭의 사생활이 궁금해서였다.

이중섭, 마흔에서 멈춰버린 그의 모습은 언제나 매력적이었다. 영화 속 천재의 모습처럼 반듯한 얼굴. 보호본능을 일으키면서도 보호받을 수 있을 것 같은 남자의 이미지. 학창시절, 살아 있다면 우리 할아버지 또래였을 그의 사진을 본 순간 가슴이 뛰었다. 그리고 지적 허영이 사적 호기심을 누르지 못하는 나는 그의 그림이 아닌 삶에 매료됐다.

1916년 우울증으로 30년 생을 마감한 아버지를 이미 뱃속에서 여의고 태어난 이중섭은 죽는 날까지 내내 외로웠다. 전쟁으로 피난을 오면서 어머니와도 헤어지고, 일본 유학시절 만나 결혼한 일본인 부인과 그사이에 낳은 두 아들과도 결국은 떨어져 지내야 했다.

다섯 살 무렵 사과를 주면 먹지 않고 먼저 그렸다는 이중섭. 타고난 재능과 그것을 터뜨릴 수 있게 해준 미국 유학파 스승, 일본 유학을 가능하게 했던 형의 경제적 지원 그리고 그림에 대한 광기 어린 집착. 그림만큼 사랑했던 아내와 아이들. 전쟁, 이별, 그리움.

〈소〉〈아이들〉〈달과 새〉〈천도복숭아〉…… 그의 그

림을 볼 때마다 나는 이상하게도 그 속에서 외로움을 찾아냈다. 아마 1956년 적십자병원에서 혼자 숨을 거 둔 것도 모자라 무연고자로 방치돼 사흘간 아무도 찾 지 않았다는 마지막이 오버랩되어서였을 것이다.

그리고 겨울의 끝, 그가 전쟁 후 아이들과 함께 일 본으로 떠난 아내에게 보낸 편지를 묶어낸 책을 읽다가 그가 가족과 함께 살았다는 제주도의 작은 초가집에 가보고 싶어졌다. 마침 아이는 봄방학. 나는 남편에게 "봄이 오지 않으니 봄을 만나고 오겠어!"라는 멋진 말 을 남기고 아이와 함께 제주도행 비행기에 올랐다. 남 편은 아마 아내 가슴에 품고 있는 할아버지뻘 되는 남 자에 대한 연민에 가족과의 시간을 내어준 줄 아직도 모르고 있을 것이다.

제주공항에 내려 리무진버스를 타고 우선 중문으로 갔 다. 이중섭을 만나기 전 남편의 카드로 시원하게 결제 한 안락한 호텔에서 하룻밤을 보내기로 했기 때문이다. 버스 안에서 창밖을 보던 아이는 외쳤다. "엄마! 여기 도 한국말 하나봐!" 비행기를 타고 가는 곳은 모두 외

다 가슴 뛰는 탓이야

국일 거라고 생각하는 작은 나라의 조그마한 아이에게 나는 차분히 설명했다. "바다로 떨어져 있는 섬이라서 비행기를 타고 왔지만 그래도 여긴 대한민국이란다." 아이는 계속 의심했다. 결국 "아 그만해! 여기 우리나라라고!" 고함소리를 듣고서야 아이의 입이 닫혔다. 역시 세상에서 제일 어려운 것은 일관성 있는 엄마가 되는 것이다.

호텔에 도착해 푹신한 시트에 누운 아이는 금세 아빠를 잊었다. 공항에서 헤어질 때만 해도 왜 아빠는 같이 안 가느냐고 하더니, 호텔 라운지의 사탕들과 바다가 보이는 쾌적한 호텔 수영장에 아빠와의 이별은 쉽게 내던져버렸다. 그러니 아빠들이여, 딸을 믿지 마시라.

1박 2일 동안 수영을 하고, 호텔 앞 바닷가에서 모래놀이를 하고 올레 8코스를 살짝 맛만 보고 우리는 서귀포로 떠났다. 친절한 호텔리어가 호텔 앞에 선 600번 버스에 짐을 실어주었다. 600번 버스 노선은 경이로웠다. 세상에, 바닷가를 끼고 달리는 버스라니!

오래전에도 이렇게 감탄을 한 적이 있었다. 피렌체에서 니스로 향하는 기차 안에서였다. 집시들에게 공

격당하지 않을까 온 신경을 곤두세우느라 피곤했던 나
는 이탈리아를 벗어나자마자 잠이 들었다. 그리고 한쪽
뺨을 뜨겁게 달구는 햇빛에 눈을 떴는데, 나도 모르게
"세상에!" 소리치고 말았다. 기차가 지중해를 옆에 두
고 달리는 중이었기 때문이다. 오랜만에 뜻밖의 풍경을
만나 흥분했던 그때의 기분이 되살아났다.

제주도 바다는 지중해 못지않았다. 제주도에 있는
동안 서귀포 바닷가를 가로지르는 이 600번 리무진버
스로 대부분의 교통을 해결했다. 600번 버스 노선 안
에 가고 싶은 곳이 다 있었다. 중문, 강정, 이중섭미술
관이 있는 서귀포 시내까지. 이 끝에서 저 끝으로 목적
지 없이 내리지 않고 버스를 타고 몇 번 같은 길을 지
났다.

서귀포 시내에 내려 이중섭미술관을 찾았다. 이중
섭미술관은 이중섭거리에 있었다. 만약에 질곡의 삶이
전부였던 이중섭이 지금 자신의 이름을 딴 이 멋진 거
리를 볼 수 있다면 얼마나 좋을까.

거리가 한산하다 싶더니 미술관이 휴관이었다. 일
주일에 하루 쉬는데 하필 우리가 찾아간 날이 그날이었

다 가슴 뛰는 탓이야

다. 오히려 다행이다 싶었다. 덜덜거리는 캐리어를 끌고 아이 손을 잡고 미술관 담 아래 이중섭공원 지나 보이는 작은 초가집으로 갔다.

그리고 보고야 말았다. 가족 넷이 눕기도 힘들었을 것 같던 손바닥만 한 작은 방을. 기본적인 가재도구도 넣을 수 없을 것 같은 정말 작고 작은 방을. 가슴 한쪽이 찌르르했다. 생전에 그는 그래도 서귀포에서 살 때 가장 행복했다고 말했단다. 이해할 수 없었다. 아내와 아이 둘, 먹을 게 없어 바닷가에서 게를 잡아먹곤 했다던데 도대체 뭐가 행복이었다는 거지? 다시 사람 없는 미술관으로 올라올 때까지 그가 말한 행복을 이해할 수 없었다.

그런데 아이와 기념사진을 찍기 위해 구도를 잡다가 난 또 보고야 말았다. 저 너머 푸른 바다를. 그가 그린 섶섬을 또렷이 바라보며 그의 행복을 이루고 있던 씨실과 날실의 실마리를 비로소 찾게 됐다. 이거였구나. 그에게 제주도의 집은 작은 방만이 아니었을 것이다. 그 집에 서서 보이는 제주도의 모든 것이, 그의 그림 속에 담을 수 있는 모든 자연이 촘촘한 행복의 시절을 만들어주었을 것이다.

왠지 마음이 놓였다. 당신, 행복한 삶을 살았군요. 당신의 일생이 고독만으로 점철되지는 않은 거였군요. 다행이에요. 정말로 다행이에요. 이중섭이 살았다던 초가집 그 작은 방 사진 속 웃고 있는 그를 보며 나도 함께 웃었다.

서귀포에서 유일하게 아이를 받아준 게스트하우스 '안녕 메이'에 짐을 푼 아이와 나는 다음날도 그다음날도 또다시 이중섭미술관을 찾았다. 문을 열고 사람들로 붐비는 미술관에서 그의 육필 편지를 읽고 당장이라도 뛰어나올 듯한 황소 그림을 여러 번 봤다.

하루는 비가 왔다. 이중섭의 작은 초가집에서 보는 제주도의 풍경은 비가 오는 날도 황홀했다. 보슬비가 시야를 뿌옇게 가리고, 그 집 앞에 마치 이중섭이 앉아 있는 듯했다. 아니 어떤 이루지 못할 사랑이 앉아 있는 것 같았다. 빗소리에 맞춰 가슴이 조금 쿵쿵 뛰었다.

결혼을 했다고 뛰던 가슴이 멈추는 것은 아니다. 심장은 결혼을 했든 안 했든 누구에게나 공평하다. 남편이 있고 혹은 아내가 있고 아이가 있음에도 때때로

미칠 듯이 외로워지는 이유는 다 심장 탓이다.

엄마 마음을 아는지 모르는지 아이는 길을 재촉했다. 깜짝 놀라 심호흡을 하는 사이, 시야는 또렷해졌고 이중섭은 사라졌다. 저만치 이제는 씩씩하게 혼자 우산을 쓰고 걷게 될 만큼 자라난 아이를 보자 잦아들었던 심장 박동이 다시 빠르게 뛰었다.

미술관을 나가 건너편에 있는 중섭공방이라는 곳에서 동판화 체험을 했다. 아이들 연작 중 하나를 골라 동판화에 새기고 '일곱 살 제주도에서'라고 꾹꾹 눌러썼다. 작업을 마치려면 시간이 걸려 동판 액자는 택배로 보내준다고 했다. 액자가 도착하면 일곱 살의 아이와 서른일곱 살의 나는 제주도에서의 무엇을 기억하게 될까?

다시 바다를 옆에 두고 달리는 600번 버스를 탔다. 그 겨울의 끝에서 봄을 핑계로 들여다본 이중섭의 사생활은 그의 그림처럼 멋졌다. 나의 사생활도 이만하면 꽤 괜찮았다. 제주도에서 돌아온 지 일주일 만에 액자를 받았다. 일곱 살 딸은 아빠에게 이중섭 그림을 설명하고, 미술관에서 본 커다란 황소 이야기를 했다. 서른

일곱 살의 한 여인은 그저 잠깐 볼이 달아올랐다. 그뿐이었다.

누군가에게 제주도는 올레길이고 우도이고 한라산이겠지만 나에게 제주도는 이중섭이 됐다. 런던이 베네딕트 컴버배치가 되고, 피렌체가 다케노우치 유타카가 되고, 프라하가 카프카가 되고, 알제리가 카뮈가 된 것처럼 말이다.

아, 한마디 덧붙이겠다. 만약 연애가 그리운 당신이라면, 그러나 절대로 연애해선 안 되는 누군가의 엄마이자 아내인 당신이라면, 이렇듯 몰래 도시마다 남자를 숨겨놓아보길 권한다. 평생을 설레는 마음으로 살 수 있는 아주 손쉬운 방법이니까.

다 가슴 뛰는 탓이야

나에게도 햇살을

통영, 거제

헤밍웨이는 만약 당신이 젊은이로서 파리에서 살아보게 될 행운이 충분히 있다면, 그렇다면 파리는 이동하는 축제처럼 당신의 남은 일생 동안 당신이 어디를 가든 당신과 함께 머무를 것이라고 말했다.

명절 스트레스를 이기기 위해 떠난 통영은 나폴리보다 황홀했고, 거제는 제주보다 아름다웠다. 결론부터 이야기하자면 단 한 번의 여행만으로 두 곳 모두 나의 이동식 축제 리스트에 넣었다.

점심은 멍게비빔밥을 먹고, 간식은 오미사꿀빵, 저

녁은 성게비빔밥. 앗! 충무김밥은 언제 먹지? 굴밥은? 간식을 늘려야 하나? 돌아오는 날 잠시 들러 먹을까? 다음날은 거제로 넘어가서 해물뚝배기도 먹어야 하고, 회도 한 접시 해야 하고, 전어회, 전어구이도 먹어야 하는데! 이런 이걸 어쩌지? 2박 3일로 통영, 거제의 맛을 다 못 느낄 것 같아. 떠나기 전부터 두근거렸다.

찬바람이 불기 시작하면 우리나라에서 좀 먹는다는 사람들이 너도 나도 통영 어느 식당에 앉아 앞에 열거한 음식들을 먹음직스럽게 입에 담는 장면이 한 달에 두어 번은 전파를 탔다. 그때마다 TV를 보면서 하염없이 "텔레비전에 내가 나왔으면 정말 좋겠네에, 정말 좋겠네에" 노래를 부르곤 했다.

언젠가 꼭 통영에 가리라 마음먹었다. 하지만 나의 음식 사랑이 아직 부족한 탓인지, 아니면 그것 말고도 먹고 싶은 게 차고 넘쳐서인지 살을 엔다는 바닷바람을 이겨가며 여행을 떠나게 되지는 않았다. 때문에 통영과 거제는 숨겨놓은 비상금처럼 고민할 시간조차 없을 때 언제든 훌쩍 떠날 수 있는 여행지 리스트 맨 위에 올라 있었다.

나에게도 햇살을

그 '언제든'의 '언제'가 된 때는 바야흐로 추석 시즌이었다. 생각보다 긴 명절이었고, 그 시간을 몽땅 시댁에서 보내고 싶지 않았다. 좀더 구체적으로 말하자면, 시댁에서 만들고 먹고 남아서, 싸가지고 온 명절 음식을 다시 데워 요리사들이 명절만 되면 만들어보라며 꾀지만 결국 잡탕에 불과한 정체불명의 전김치찌개나 찬밥고로케 같은 것들을 해먹으며 연휴를 날려보내고 싶지 않았다. 갈까 말까 망설이던 마음은 명절 아침 깔깔대는 시댁 식구들의 웃음소리를 배경음악 삼아 설거지를 마치고 수도꼭지를 잠그면서 완전히 기울어졌다.

'그래, 가는 거야. 통영을 가야 한다면 바로 이때야. 전과 산적에서 벗어나 멍게비빔밥과 해물뚝배기를 먹고 오겠어. 나도 당신들처럼 편하게 먹고 깔깔대보겠어.'

그렇게 떠난 여행이었다. 갑작스럽게 결정해서 숙소가 가장 걱정이었는데, 다들 추석연휴를 쇠러 갔는지 다행히 한 호텔에 예약 가능한 방이 있었다. 더 고무적이었던 것은 빈방이 있다는 것도 고마운데 추석맞이 이벤트로 숙박비를 대폭 할인해준다는 것이었다. 과연 하늘은 며느리 편이었다.

드디어 도착한 통영항은 뜻밖의 세상이었다. 마치 거대한 푸른 광장 같던, 빙 둘러싼 마을과 상점가 가운데 자리한 바다. 그 바다는 오래된 성벽 안에 완벽하게 보존된 신비로운 공간처럼 눈부셨다.

주차를 하고 그 풍경에 넋을 놓고 있는 사이, 사람들은 푸른 광장을 등지고 동피랑 마을로, 남망산공원으로, 한산대첩의 주인공 거북선 안으로, 중앙시장으로 흩어져 들어갔다. 사람들 틈에서 빗살무늬로 퍼져 있는 골목골목을 걸으면 통영의 모든 것이 가슴에 새겨질 것 같았다. 통영의 맛에 콩닥거리던 심장은 음식이 아닌 풍경에 압도돼 정오 무렵의 태양처럼 한없이 뜨거워졌다.

시선을 광각렌즈 모드로 열어젖힌 채 항구의 이 끝에서 저 끝까지 눈에 담고는 맛으로 시작한 여행의 목적도 잊고 동피랑 마을에 올랐다. 동쪽 벼랑이라는 뜻의 동피랑. 낙후되었다는 이유로 허물고 공원이 될 뻔했던 마을에 벽화가 그려지면서 기적이 일어난 곳이라고 했다. 과연 벽화마을이라는 관광명소답게 초대형 그림책 속에 들어간 듯, 알록달록 다양한 그림이 벽을 가득 메우고 있었다. 그중에는 키스 해링도 이중섭도 있었다. 모사와 창작이 뒤엉킨 화려한 벽을 따라 사람들은 밀려들고 밀려나왔다.

기적이 일어났다고는 하지만, 그러나 어쩌면 그것은 밖에서 보는 사람들의 이야기일지도 모른다. 쉬어야 할 집이 관광지가 되어버린 사람들의 삶은 왠지 고단할 것 같았다. 좁은 골목을 따라 늘어선 집들은 가릴 수 있을 만큼 가려놓은 채였다. 사람들의 시선에 너덜너덜해진 사생활을 지키기 위해 화려한 벽화 뒤로 숨어버린 일상들. 벽화는 삶을 달라지게 했을지 몰라도 나아지게 해준 건 아닌 듯했다.

말은 이렇게 하지만 나 또한 다를 바 없는 사생활 침해자가 되어 햇살 아래 익어가는 마을의 골목들을 샅샅이 훑었다. 그리고 맨 꼭대기 통영항이 한눈에 보인다는 전망대에 올랐다. 손에는 전망대와 나란한 동피랑 구판장에서 산 커피가 들려 있었다.

커피를 보자 웃음이 났다. 내가 세상에서 제일 맛있다고 생각하는 커피는 명절날 굳이 필요할 것 같지 않은 양념이나 아이들 간식을 산다는 핑계로 시댁 근처 이마트로 달려가 마시는 스타벅스 커피다.

사실 우리 시댁은 종갓집도 장손도 아니어서 차례 지낼 일도 없고 단출한 편이다. 그저 가족끼리 조촐하게 명절음식 해먹고 일을 많이 하지도 않지만 이상하게 명절은 기미 주름보다 무섭다. 친구들도 명절이면 다들 누군가 "레드 썬! 자 이제부터 짜증이 납니다. 짜증이 슬슬 올라옵니다" 최면이라도 거는 듯 날카로워진다. 사정은 맏며느리나 막내며느리나 외며느리나 다 똑같다. 부잣집 며느리, 없는 집 며느리도 똑같다. 시누이 많은 집 며느리, 동서 많은 집 며느리도 똑같다. 시댁이 서울인 며느리, 지방인 며느리도 똑같다. 다르지 않다.

왜 그럴까? 곰곰이 생각해보니 명절은 내가 '아줌마'이고 '며느리'이고 '애 엄마'라는 걸 너무도 극명하게 집약해서 보여주기 때문인 것 같다. 매 초, 분, 시간을 그것 외에 다른 선택지가 없는 프레임 안에 갇혀 있어야 한다. 나로 돌아갈 시간을 완벽하게 빼앗기는 너무도 절망적인 며칠을 보내야 한다.

나에게도 햇살을

명절 때 며느리들을 생각해보라. 음식을 하고, 그 와중에 애를 챙기고, 음식을 차리고, 먹이고, 치우고, 챙기고, 다시 음식을 데우고, 차리고, 먹이고, 치우고, 챙기고의 반복이다.

그러니 사정이 좋건 나쁘건 명절만 되면 너도 나도 짜증바이러스에 걸린 듯 '누구 하나 걸리기만 해봐' 하는 눈빛으로 변한다. 그리고 명절이 끝나면 아무리 생각해도 분이 풀리지 않아 생기는 '화병'을 주체 못해 카드를 긁거나 미뤄둔 숙제 같은 부부싸움을 해치우는 것이다.

정말, 며느리들이 바라는 건 큰 게 아니다. 다신 시댁에 오지 않겠다는 것도 아니고, 음식은 알아서 먹고 치우세요, 그러자는 것도 아니다. 그저 명절 2, 3일 중 반나절 정도는 그냥 조용히 혼자 커피 한 잔 마실 여유만 있어도 참 좋겠다는 뭐 그 정도다. 그런데 그런 생각을 하고 있어야 할 명절연휴에 바닷바람 잔뜩 얹은 커피라니. 세상에 이렇게 달콤한 커피가 있다니.

SNS에 자랑을 늘어놓고 비로소 제대로 통영항을 둘러봤다. 동양의 나폴리라는 통영항. 바다와 땅의 경계에 언제라도 떠날 준비를 하고 선 배들, 파랑 또는 주황의 지붕을 가진 하얀 집들, 바삐 오가는 사람들, 게으름이라곤 없는 생활들 모두가 나폴리보다 찬란했다.

기차역에 내리자마자 잡아먹을 듯 따라오던 집시 할머니, 말이 잘 통하지 않는다고 타박하던 택시 기사 아저씨, 어디든 관광객을 봉 삼아 한몫 챙기려는 눈초리의 상인들, 나폴리를 찾은 이유는 폼페이 유적지 때문이었지만 그래도 이왕 간 것, 멋진 나폴리 풍경도 즐기고 와야겠다는 기대가 와르르 무너져내린 적이 있었다. 통영은 옛 인기에 기대 세월을 버티고 있는 한물간 슈퍼스타 같던 나폴리와는 비교가 되지 않았다.

다시 벽화 앞. 여러 유명인들이 한 번씩 등을 대었다는 대형 날개 벽화에 대고 사진을 찍는 것을 마지막으로 동피랑 마을을 내려왔다. 푸른 광장 같은 바다를 끼고 걸으며, 거북선에 들어가보고, 통영 별미 멍게비빔밥을 먹었다. 향긋한 바다를 입안에 넣고 나니 통영과 하나 된 것 같으면서도 왠지 부족하여 오미사꿀빵을 사먹었다.

오미사꿀빵을 우물거리며 케이블카의 힘을 빌려 미

나에게도 햇살을

륵산 꼭대기에 올랐다. 그 위에서 한려수도閑麗水道, 한가하고 고운 물길을 내려다봤다. 이름 그대로 곱디고운 바닷길과, 김훈이 말한 '구름처럼 부풀어오른' 섬들과, 청마 유치환이 통영우체국에서 연애편지를 쓰며 보았다는 에메랄드빛 하늘까지 한눈에 잡혔다. 변하지 않는 것들은 이런 것들이었다.

통영은 눈부셨고, 찬란했고, 그리하여 황홀했다. 좋은 모든 것들이 거기에 있었다. 하늘과 바람과 바다와 역사와 예술과 먹고사는 우리네 삶까지.

결국 통영에서 성게비빔밥을 못 먹었다. 명절 밑이라 성게 잡이를 나가지 않은 탓이라고 했다. 괜찮다 괜찮다 했지만 안 괜찮았다. 통영우체국 앞 에메랄드빛 하늘 아래 연인 이영도의 집을 바라보며 편지를 썼다는 유치환의 감동적인 러브스토리는 모두 잊은 듯, 어느새 시골밥상 리포터로 변신해 있는 나란 여자. 그래도 거제도에 가면 '원조' 해물뚝배기가 있다고 마음을 추스르는 참 쉬운 여자.

통영에서 30분 정도 바다와 친구하며 달리다보니

거제였다. 예약해놓은 호텔로 가 짐을 풀고 다시 차를 몰고 밖으로 나왔다.

거제에서 특별한 관광지를 찾은 것은 외도가 전부였다. 그래도 참 좋았다. 그저 섬을 빙글빙글 도는 것만으로 좋았다. 거제는 제주보다 아름다웠다. 상대적으로 제주보다 작아서 선명한 것도 있었고 징글징글하게 외웠던 리아스식 해안 덕분이기도 했다. (리아스식 해안을 외운 덕을 20년이 지나 볼 줄이야. 모든 가르침에는 다 이유가 있는 법인가보다.)

오랜 세월에 걸쳐 풍화된 거제 해안가의 자연들은 각자의 존재감을 너무나 뚜렷하게 뽐내고 있었다. 소나무는 소나무대로, 바위는 바위대로, 섬은 또 섬의 모습대로. 차를 몰다 세우다를 반복하며 천천히 바다 곁을 달리고 걸었다.

해안도로를 지나는 내내 이국이 아니나 이국인 듯한 느낌이었다. 태양은 섬을 둘러싼 남쪽 바다에 아낌없이 내리쬐고 있었다. 그 태양의 빛을 받은 바다를 따라 걷노라면 평생 나에게 비극은 없다고 생각하게 될 정도였다. 햇살은 지중해에만 있는 것이라고 누가 그랬던가. 여기 우리의 섬 한복판에도 이렇게 아낌없이 퍼붓고 있는데 말이다.

소원하던 원조 해물뚝배기와 신선한 회를 먹으며, 이틀 동안 회전목마를 타는 듯이 해안도로를 돌고 또 돌았다. 거제는, 거제의 바다는 내게 그 자체로 카니발이었다.

명절 연휴가 끝이 났다. 모든 것이 제자리, 다시 일상이다. 그리고 명절에 누린 달콤한 여행이 꿈만 같다. 귀한 시간을 함께한 통영과 거제는 기꺼이 나의 이동식 축제가 되어주겠지? 앞으로 명절은 이 이동식 축제로 조금 덜 화나고 덜 짜증스러울 것 같다.

물론 안다. 기억 속의 화려했던 시간이 오래지 않아 수수해질 거란 것을. 만약 그렇게 반짝이던 이동식 축제의 조명이 하나둘 꺼져가면, 그땐 다시 다른 축제를 향해 떠나야지. 그렇게 인생을 축제처럼 살아가야지. 통영과 거제에서의 햇살처럼 화사하고 따사롭게.

3부

나만의 놀이터

도쿄 1

물에 푹 잠겨 불려졌다가 이리 돌려지고 저리 돌려진 뒤 탈탈 탈수가 된 젖은 빨래를 탁탁 털어 넌다. 낯설지 않은 느낌. 마치 내 모습을 보는 듯한. 빨래를 널다 말고 거울로 달려갔다. 거울 속에는 적당히 붙고 적당히 건조된 한 여자가 서 있다. 지나던 누구 아무라도 나를 좀 탁탁 털어 널어주었으면. 팽팽하게 잡아당겨서 볕 아래 바싹 말려주었으면. 한나절이 지나고 나면 다시 제 모습을 찾는 빨래처럼 그렇게 되었으면.

몇 년간 한결같이 나를 짓누르고 있던 고민이 다시

가슴을 흔들었다. 이대로 늙어버리면 어쩌지? 나는 아직 펴보지도 못했는데 그냥 이대로, 이렇게 주저앉아버리면 어쩌지? 나는 더 사랑받고 싶은데, 누군가의 시선도 받고 싶고, 가끔은 두근두근 뛰는 심장을 몰래 감추고도 싶은데. 소리도 없이 바스락 사라져버릴 것만 같았다.

나는 다시 마당으로 돌아가, 남은 빨래를 널었다. 잘 마르라고 탁탁 탁탁 주름 하나 없이 펴서 깨끗하게. 뭘 어쩌겠어, 사는 게 다 그런 거지. 그렇게 크게 한숨 한번 쉬고 청소를 하면서 서른일곱 어느 하루를 마저 보냈다.

그리고 며칠 뒤 J 언니에게서 전화가 왔다. "도쿄에 가지 않을래?"

도쿄라면, 언제라도 좋았다. 도쿄는 내게 놀이터 같은 곳이니까. 어린 시절 해와 달이 사이좋게 자리를 바꾸는 것을 알아챌 틈도 없이 시간을 보내던 놀이터. 엄마의 잔소리, 시험, 숙제, 친구와의 다툼도 잊고 무아지경으로 빠질 수 있었던 공간. 아마도 인생이 불행의 카테고리 속 키워드들과 가까워지기 시작한 것은 더 이상

놀이터가 재미있지 않게 된 순간부터였을 것이다.

그걸 알고 난 뒤 나는 나만의 놀이터를 찾기 시작했다. 도쿄는 아이를 키우면서 찾아낸 새로운 놀이터였다. 도쿄는 가깝고, 항공료 저렴하고, 시차적응 따위 존재하지 않고, 국제결혼한 사촌동생 덕에 잠자리도 해결되는 데다가, 볼 거리, 먹을 거리, 즐길 거리 모두 갖춘 곳이었다.

아직은 쌀쌀한 이른 봄. 공항 카트 위에 봄옷과 겨울옷이 반반 든 커다란 여행가방, 유모차, 27개월 된 아이를 태우고 도착한 도쿄. 그 첫걸음 이후 나는 중독된 듯 6개월에 한 번씩 도쿄로 떠났다. 친구를 만나고, 이국의 정취를 느끼고, 감성을 충전하고, 일탈을 경험하고, 잊었던 나를 발견하기 위해서.

꼬마들이 놀이터에서 놀기 위해 엄마 손을 잡고 가듯, 나도 대부분 도쿄를 아이와 함께 갔다. 디즈니랜드, 지브리 미술관, 엄마와 동갑인데도 아직도 귀여운 키티짱이 가득한 캐릭터숍, 온갖 장난감을 다 시연해볼 수 있는 세이부 백화점, 맛있는 돈가스, 냉동이 아닌 다코야키, 달디단 디저트들, 걸음마를 시작한 동생이 있는 이모네 집. 아이에게도 도쿄는 행복한 곳이었다.

그런데 이번엔 달랐다. 혼자 떠나야만 했다. 여행을 제안한 그녀는 싱글이었다. 우리 딸을 정말 예뻐해 데려가도 괜찮다고 했지만, 나는 계속해서 그녀가 내 딸을 예뻐하길 바랐다. 괜찮다고는 해도 싱글 친구와 함께 떠나면서 아이를 데려간다는 건 많이 미안한 일이다. 원 플러스 원은 마이너스. 상대에겐 아무래도 무리. 그리고 그 셈은 젖은 빨래 같은 지금 나의 일상에도 크게 플러스가 될 것 같지 않았다.

"도쿄 좋아! 언제쯤 갈 건데?"

대충의 일정을 조율하고 나는 남편에게 양해를 구했다. "J 언니가 도쿄에 가자는데, 이번엔 나 혼자 가야 할 것 같아." 자신의 스케줄을 이리저리 맞춰보던 남편은 순순히 그러라고 했다. 주말을 낀 3박 4일이니 어떻게든 해보겠다며. "정말?" 갑자기 막 흔들어놓은 맥주 캔처럼 심장이 터져나갈 것 같았다. 하지만 고마움은 잔파도처럼 살짝 밀려오다 이내 거품이 돼 사라졌다. '아니 고마울 건 또 뭐야. 자기도 며칠씩 집 비우고 출장 다니는데 그때 내가 혼자 애 본다고 고마워하지는 않잖아.' 나는 금세 혼자 여행을 떠나는 것에 당당해졌다. 그리고 곧 사전 준비에 들어갔다.

우선 열 살 터울의 막냇동생에게 전화를 했다. "다음 주말 비워놔. 언니 여행가는데 형부 혼자 힘드니까 애기 좀 봐." 그 애로 치자면 내 나이 열한 살에 태어나 내 나이 서른한 살이 될 때까지 나의 아낌없는 노력봉사와 지원 아래 자란 늦둥이다.

어려서부터 커서 큰언니한테 효도하라는 말을 천사의 메시지처럼 가슴에 새기고 살도록 하루 열두 번 복창시키며 조종을 끝마친 인간이다. 처음엔 데이트가 있는지 시큰둥하더니 결국엔 떨리는 목소리로 "알았어 언니, 금요일 밤에 갈게"라고 전화를 해왔다. 그러면 그렇지, 우리 자매에게 명령 불복종이란 어떤 상황에서도 존재하지 않는 것을. 엄마 아빠, 늦둥이 낳느라 고생하셨어요.

마지막으로 가장 중요한 우리 딸 차례. "엄마 도쿄에 여행 좀 갔다 올게." 쿨한 우리 딸은 키티 멜로디언과 키티 리코더를 사오라는 미션을 던져주며 단박에 오케이. 역시 넌 내 딸이다. 애가 군더더기가 없이 아주

깔끔해 그냥.

뭐부터 해야 할까? 아, 행복한 고민. "언니 클럽 가자!" "그래 그러자!" 언니는 내 제안에 장단 맞춰주었다. 옥시크린처럼 색깔 꿈은 더 선명하게, 하얀 꿈은 더 하얗게 만들어주었다.

나는 떠나기 전날까지 매일 밤 시부야, 롯폰기의 클럽을 다녀온 블로거들의 블로그를 방문했다. 음, 시부야는 주로 도깨비 화장을 한 갸루들이 드나들고, 요즘은 롯폰기가 뜨는구나. 롯폰기로 가야겠네.

미용실에서 노랑에 가까운 밝은 갈색머리 염색도 하고, 번쩍거리는 두꺼운 가짜 금목걸이도 사고, 징 박힌 가죽 뱅글도 사고, 은박으로 된 커다란 해골이 새겨진 티셔츠도 사고, 형광색 미니스커트까지 장만한 나의 마음은 이미 롯폰기 클럽에 앉아 있었다.

긴부라, 시간의 속도

도쿄 2

나이와 시간의 속도는 비례라고 한다. 20대에는 시속 20킬로미터, 30대에는 시속 30킬로미터, 40대에는 시속 40킬로미터로 흐르는 게 시간이라고 한다.

이유가 뭘까 궁금했다. 정말 우리가 단순히 삶에 익숙해서 그런 것인가? 매일이 다른데, 나이를 먹으면 내가 사는 사회가 발전하기 마련이고, 사회가 발전할수록 자극적인 사건이 더 많이 생기고, 삶은 더 흥미롭지 않느냐 이거다. 그런데 왜 나이 먹을수록 시간은 맹물처럼 벌컥벌컥 들이켜질까?

어느 날 운전을 하다 갑자기 그 답을 알게 됐다. FM을 듣는데 스승의 날에 대한 사연을 받고 있었다. 채널을 돌려도 어디나 같은 이야기였다. 며칠 전 어버이날도 마찬가지. 무슨 무슨 날에 대한 일련의 의식들이 어서 끝났으면 싶은데 참 끈질기게 쫓아다녔다. 엄마 아빠한테 따뜻하게 얘기 한 마디 못 했는데, 시부모님께 전화도 안 드렸는데, 은사님 안부도 못 여쭈었는데, 아 시간아 빨리 지나가라. 어서 오늘이 가버려라. 아무런 의식도 치르지 않은 나는 그저 잊을 만하면 나타나는 그 의식들의 향연에 제발 하루가 빨리 지나갔으면 빌고 빌었다.

어린 시절 시간이 느리다고 생각했던 것은 어느 하루건 간절하지 않은 날이 없었기 때문이다. 기다리고 또 기다렸다. 소풍을, 친구 생일을, 명절을, 어버이날, 스승의 날, 크리스마스, 개학, 방학, 졸업, 입학, 모든 것을 손꼽으며 하루하루를 꾹꾹 새기며 살았다. 그런데 지금은 하루가 빨리 지나길 바란다. 의미를 부여하는 하루가 귀찮고 짜증스럽다. 기다려지는 날이 별로, 아니 거의 없다. 그러니 그렇게 질질 흘려보내며 시속 30, 40,

50, 속력만 높아진다. 그나마 다행인 건 여행이 숨어 있는 과속방지 카메라처럼 내 시간들을 정주행할 수 있게 해주고 있다는 것이다.

도쿄로 향하는 비행기에서 나는 오랜만에 하루가 길어진 느낌이었다. 질주하던 자동차의 브레이크를 잡고 속력을 줄일 때처럼 편안함이 밀려왔다. J 언니와 둘만의 여행은 정말 오랜만이었다. 아이를 낳기 전에는 런던, 프라하, 홍콩, 상하이, 둘이서 여기저기 잘도 다녔는데. 내가 아이를 낳고 엄마가 되고 내 시간을 마음대로 쓰지 못하면서 자연스럽게 여행이 중단됐다. 그러다가 드디어 함께 다시 떠나게 된 것이다.

공항에는 또 한 명의 언니가 기다리고 있었다. 그 언니는 한국에서 친하게 지내는 언니의 중학교 동창이었다. 자꾸 언니 언니 하니까 칠공주, 장미파, 이런 걸 떠올릴 수도 있는데 아니다. 그저 일루미네이션처럼 줄줄이 얽혀 반짝이는 나의 소중한 인맥일 뿐이다. 국제 결혼해 일본에서 오랫동안 살고 있는 A 언니를 처음 만난 건 지난 도쿄 여행에서였다. "내 친구 도쿄에 사는

데 가는 길에 한번 만나봐." 사람 만나는 건 언제나 환영. 그때 신세지고 있던 사촌동생까지 대동해 언니를 만났다. 딸아이에 조카까지 꼬마 둘이 돌아다니며 정신을 빼놓긴 했지만 맛있는 야키니쿠에 맥주 한잔을 하면서 기분 좋은 시간을 보냈다. 내가 한국으로 돌아온 후, 국제결혼이라는 공통분모를 가지고 있던 A 언니와 사촌동생은 막역한 사이가 됐다. 둘이 막역한 사이가 되는 바람에 나도 저절로 A 언니와 더 가까워졌고.

언니는 한국에서 필요한 물건이 있다며 아주 간단한 부탁을 하나 하더니, 하네다 공항으로 픽업을 나와주겠다고 했다. 공항 픽업이라니, 여행자들에게 가장 사치스러운 일 중 하나다. 한류스타 부럽지 않게 A 언니의 차를 타고 유유히 공항을 빠져나간 우리는 긴자로 향했다. J 언니와 며칠 밤을 심사숙고하며 고른 호텔이 그 근처였다. 파크호텔 도쿄, 삼각형 모양의 건물 25층부터 시작되는 호텔 로비 창밖으로 도쿄타워가 선명했다. 과연 오카다 준이치와 구로키 히토미가 주연한 영화 〈도쿄타워〉의 촬영지로 유명한 호텔다웠다. 에쿠니 가오리의 동명소설을 영상으로 만든 이 영화 속에서 도쿄타워는 마흔의 여자와 스물의 남자 사이의 사랑을 수호신처럼 내려다보는 존재였다.

우리에겐 마흔의 여자와 마흔이 되려고 하는 여자만 있을 뿐, 스물의 남자는 없었지만 그래도 체크인을 하면서 도쿄타워가 보이는 방을 부탁했다. 야경 사이에서 타오르는 도쿄타워를 보며 며칠 밤을 지내고 싶었다. 그러면 당장은 아니라도 먼 훗날 언젠가 영화 같은 로맨스가 내 인생에서 일어날지도 모른다는 생각에 흡연룸뿐이라고 했음에도 무조건 "좋아요"라고 해버렸다. 결과적으로 방은 아주 깨끗했고, 담배 냄새도 전혀 없었다. 간단하게 짐을 푸는 와중에 귀신 들린 사람처럼 도쿄타워를 배경으로 방에서 사진을 몇 장 빠르게 찍고, 다시 A 언니를 만나 진짜 긴자 거리로 나섰다.

일본어에 '긴부라'라는 관용구가 있다. 긴부라, 긴자의 거리를 '부라부라(어슬렁)'거린다는 표현인데 지금은 '거리를 산책하다'는 의미로도 쓰인다.

모던 걸과 모던 보이가 존재하던 근대화 시절 세상의 온갖 문화를 다 흡수하고 있던 일본 최고의 번화가

긴부라, 시간의 속도

긴자는 어슬렁거리기만 해도 좋은 곳이었다고 한다. '긴 부라'는 그때 생겨난 말이다. 어슬렁, 어딘가를 그저 어슬렁거리기만 하는 게 얼마 만이던가. 시세이도, 디올, 샤넬, 프라다, 구찌, 아르마니, 미키모토, 에르메스 같은 번쩍이는 명품숍을 어슬렁어슬렁 지나자니 어제까지 내가 살림을 하던 사람이었나 싶었다.

오래전부터 긴자 거리를 차지했을 법한 기모노 차림의 할머니와 빛깔 좋은 수트를 입은 할아버지가 지나갔다. 근사한 차림의 사람들이 잘 재단된 길을 걷는 것을 보며, 마치 거대한 세트장에 와 있는 느낌이었다. 그 안에서 여유를 만끽하며 어디가 어디인지도 모르는 채 그저 골목골목을 발길 닿는 대로 걸었다. 급할 것도 멈출 이유도 없었다. 긴자라는 거대한 세트장을 누비며 가고 싶은 곳에 가고, 보고 싶은 것을 보는 그날 하루만큼은 내가 주인공이었다.

그러다 진짜 주인공들과 마주칠 뻔했다. 멈춰선 곳은 다카라즈카 극장 앞이었다. 여성 단원만으로 이뤄진 여성극단 다카라즈카. 공연이 열리는 전용 극장은 마침 공연이 끝났는지 사람들이 쏟아져나왔다. 모두들 그 자리를 떠나지 않고 그날 공연의 주인공 얼굴이 새겨진 사진을 사고, 사인 CD를 샀다. 내심 기다리는 눈치였으나 주인공은 끝내 무대 밖으로 나오지 않았다.

공연이 끝나고도 한참을 극장 앞에서 서성이는 사람들을 보면서, 그들의 사랑을 받는 주인공보다 열정을 쏟고 환호할 수 있는 것을 가진 그들이 부러웠다. 딱 10년 전의 내가 그랬다. 2001년 겨울 세계 4대 뮤지컬이라는 〈오페라의 유령〉이 국내 초연으로 무대에 올려졌을 때 내 삶의 모든 것은 뮤지컬에 맞춰 있었다.

처음 공연을 보고 나온 날 밤. 짙은 어둠은 계속해서 나를 환상 속에 있는 듯 착각하게 만들었다. 입고 있던 자줏빛 모직스커트가 드레스라도 되는 양, 뮤지컬 넘버를 흥얼거리며 19세기 유럽의 귀부인처럼 조심스럽게 밤길을 걸었다.

첫 공연을 본 후 틈만 나면 공연장을 찾았다. 그 어둠의 비현실적인 세계로 빠져들어 회사생활의 고단함, 알 수 없는 미래, 나이에 비해 비교적 빠른 결혼 4년차 주부라는 책임감을 벗어버리고 싶었다. 잠시라도 결국은 해피엔딩으로 끝나는 무대의 아름다운 주인공이 되

긴부라, 시간의 속도

고 싶었다.

뮤지컬 극장 객석에 앉아 대부분의 여가시간을 보내며 알았다. 내 삶의 주인공은 나라는 걸. 나의 무대는 객석 너머 저 위에 보이는 곳이 아니라 내 삶의 언저리에 있다는 걸 알았다. 그걸 알게 된 후 마치 치료받은 환자처럼 모든 것으로부터 회복되었다.

사람들은 계속해서 극장 앞을 지키고 있었다. 아름다운 사람들. 자신의 열정을 드러내 주목받는 무대 위의 배우들보다 더 순고한 삶을 사는 빛나는 개인들. 각자의 삶의 주인공들. 이름 모를 사람들의 뜨거운 인생이 참 행복해 보였다.

그리고 머지않아 나도 행복한 시간을 맞았다. 시원한 생맥주에 오코노미야키를 안주 삼아 도쿄에서의 첫 식사를 하게 된 것이다. 맛있는 안주에 흥분한 나는 생맥주를 정신없이 들이켰다. 그리고 술과 관련된 모든 방정식이 그러하듯 결국 그날 밤 클럽행은 무산됐다. 다음날도 그다음날도 누군가가 일부러 방해라도 하는 듯 클럽행은 계속해서 이뤄지지 않았다. 악마의 꾐에 넘어간 듯 저녁식사 자리에 앉기만 하면 맥주와 와인을 탐닉했고 클럽은 저 멀리 날아가버렸다.

아니 어쩌면 처음부터 클럽은 갈 생각이 없었을지도 모른다. 그냥 서툰 게임에서 잠시 내려와 좀 쉬고 싶었을지도. 잘해야 하는 것임과 동시에 가장 잘하기 어려운 것이며, 다 왔다 싶은 순간 처음부터 다시 시작되는 뫼비우스의 띠와 같고, 무색이고 무미이며 무취이면서 가장 달콤하고 화려한 총천연색이기도 하고, 내 삶을 꽉 채워주다가도 어느새 내 인생을 텅 비어버리게 만드는, 조금만 한눈을 팔면 질책이 쏟아지지만 최선을 다한다고 한들 칭찬받게 되지 않는 잘해야 본전인, 세상에서 가장 이기기 어려운 게임, 육아를 아주 잠깐만 내려놓고 싶었을지도. 뮤지컬에 탐닉했던 그 시절처럼 나의 무대를 찾고 싶었을지도. 다시 주인공이 되어 그저 하루쯤 어슬렁거리고 싶었을지도.

아키 언니, 토닥토닥

도쿄 3

학창시절 내 주위에는 친구가 참 많았다. 그 시절 나의 낙은 주말 드라마를 보고 와서 친구들에게 그대로 재현해주는 것이었다. 부모님 성화에 재밌는 드라마도 못 보고 좋은 대학 가려고 열심히 공부한 친구들을 모아놓고 얘기해주기 위해, 과감히 희생정신을 발휘해 대표로 드라마를 봤다. 엄마가 되고 보니, 그 사실을 우리 엄마에게 철저히 숨긴 것이 얼마나 큰 효도인지 알겠다. 설마 내 딸은 그러지 않겠지.

친구들은 내 주위에 모여서 실감나는 장면 묘사에

흥분하며 낄낄낄 깔깔깔 드라마 모사를 들었다. 그렇게 나는 친구가 참 많았다. 그런데 소풍날이 되면 함께 옆자리에 앉을 짝꿍이 없었다. 주변에 사람은 많으나 내사람이 없었던 것이다. 급기야 우리 반 버스를 탄 학생주임 선생님과 한자리에 앉게 된 어느 소풍날 나는 결심했다. 점선으로 이루어진 무수한 관계들을 굵은 직선 몇 개로 바꾸기로 했다.

처음엔 웃고 떠들 때만 주변을 어슬렁거리는 친구들을 원망했지만, 생각해보니 내 탓이 컸다. 내가 웃고 떠들기만 했으니 그들도 그냥 그러면 되는가보다 했을게다. 하루아침에 고쳐지진 않았지만 관계를 맺는 나름의 기술이 생기면서 조금씩 나아졌다. 중간에 나는 많이 주는데 주는 만큼 오지 않는다고 화도 내고 서운해하기도 하고 그러면서 서먹해져 멀어지기도 하는 등 시행착오를 겪기도 했다. 하지만 진심으로 대하고 배려하려고 노력한 관계는 좀처럼 쉽게 끊어지지 않았다. 나의 잘못을 발견하고 고치니 사람이라는 큰 선물을 얻게 됐다.

나는 지금도 친구가 많다. 그 친구들은 1년에 한 번

을 보더라도 우리만의 이야기로 관계를 엮어갈 수 있는 사람들이다. 우에노 역 앞에서 만나기로 한 아키 언니도 그런 사람 중 하나다.

아키 언니를 처음 만난 건 서울의 어느 지하철역에서였다. 욘사마 붐이 불면서 한류가 시작될 무렵이었다. 주말이었는데 동생이 차도 빌려주고 운전도 해줄 수 있냐는 부탁을 해왔다. 자기 친구랑 호주에서 어학연수를 함께 한 일본인 친구 부부가 한국에 왔는데 〈겨울연가〉의 흔적을 좇아 남이섬에 가고 싶어한다는 것이었다. 한두 해 전 도쿄에 놀러 갔을 때 그 친구네 집에 묵으면서 신세를 많이 졌다고 꼭 좀 들어달라며 사정을 했다.

다른 거면 몰라도 외국인 길안내라는 말에 묻지도 않고 해주마 했다. 나 역시 해외여행 다닐 때마다 현지에 살고 있는 지인의 지인의 사돈의 팔촌에게까지 이렇게 저렇게 도움을 많이 받아, 그렇게라도 갚고 싶은 마음이 있었기 때문이다. 낯선 곳에서 만나는 친절은 아무리 작은 것이라도 무척 따뜻하고 고마운 일이다. 처음 만나는 사이지만 나는 그들이 조금이라도 편하게 기억에 남는 여행을 즐기길 바랐다.

동생 친구의 친구라지만 아내는 나보다 세 살 위였고 남편도 일곱 살이나 더 많은 한참 언니 오빠들이었다. 우리 집 근처 지하철역에서 만난 그들은 얼굴만 봐도 어떤 사람들인지 알 수 있었다. 다른 사람 험담 한 번 해보지 않았을 법한 인상의 부부와 동생 그리고 동생 같은 동생 친구를 태우고 남이섬, 춘천 명동거리, 준상이네 집을 돌았다.

아키 언니는 헤어지면서 정말 고맙다며 일본에 오면 꼭 자기 집에 들르라고 말했다. 그리고 나는 진짜 도쿄에서 언니를 만났다. 처음엔 언니 부부가 일부러 시부야까지 와서 나의 다른 일행에게까지 저녁식사를 사주었고, 다음엔 혼자서 혹은 아이와 함께 도쿄에 갈 때마다 언니네 집에 들러 하루 묵으며 수다를 떨었다.

언니네 집은 도쿄에서 조금 떨어진 이바라키 현이다. 그래도 우에노 역에서 지하철을 타고 45분이면 집 앞 역에 도착하는데 역에서 집까지 채 5분이 걸리지 않는 초역세권에 살고 있다. 시댁이 근처에 있고 역도 가까워 결혼하면서 평생 살 생각으로 2층 집을 지었다고 한다. 처음 놀러 갔을 때만 해도 아이를 위해 비워놓은 2층은 언니의 남편이 모은 미니카들로 가득했지만 지금은 아빠를 꼭 닮은 유리 짱이 태어나 사용 중이다.

유리가 태어나기 전에 우리 딸아이를 보면서 많이 부러워하는 언니에게 적극적으로 불임치료를 받아야 한다고 내가 많이 부추겼다. 나도 아이를 쉽게 낳은 게 아니라서 언니도 노력하면 될 거라고 힘을 주었더니 정말 얼마 되지 않아 예쁜 유리가 태어났다. 언니가 치료받을 때 아이와 내 모습이 표지에 나와 있는 나의 첫 책을 늘 머리맡에 뒀는데 그게 효과를 본 것 같다고 말했다.

실제로 이런 식으로 아이를 갖게 된 엄마들이 꽤 된다. 나도 했는데 누구나 다 할 수 있다고 용기를 주고, 생각보다 어렵지 않으며 분명히 예쁜 아이가 찾아올 것이라고 얘기해준 엄마들은 전부 아이가 생겼다. 이 시점에서 출판사가 내 호를 '삼신'으로 만들어 붙이고 부제에 '없던 애도 생기게 하는 책'이라는 타이틀을 달아 마케팅포인트로 삼아도 되지 않을까 싶은데.

내게 무슨 영험함이 있어서는 아니고 흔히 말하는

공감의 힘이 발휘된 것이 아닐까 싶다. 같은 고민을 겪고 극복한 사람에게 받는 위로가 에너지로 전달된 것이라고 생각한다. 나도 불임을 겪어봐서 알지만 사람들은 너무 단박에 그것을 불행으로 간주해버린다. 가지지 못한 사람들을 향한 가진 사람들의 넘치는 동정이 얼마나 쓸데없고 짜증스러운지 모른다. 불임은 흔하게 일어나는 일 중 하나다. 결혼한 부부가 임신하는 일이 흔한 일인 것처럼. 충분히 극복할 수 있는 것이고 혹시 안 된다 한들 아이가 없다고 불행해지지 않는다.

유리가 태어나고 돌쯤인가, 아이랑 언니네서 묵기로 하고 쓰쿠바 역 쇼핑몰에서 만났을 때 함께 유모차를 끌며 언니가 했던 말이 아직도 기억난다. "이렇게 함께 유모차를 끌게 되다니, 꿈만 같아." 우리 딸은 그때 유모차에서 졸업해야 할 나이임에도 어리광을 피우는 통에 다리가 질질 끌리는 유모차에 억지로 태워 다닌 것이긴 했지만, 그래도 언니가 좋다면 나도 좋아.

약간의 일본어를 하는 나와 약간의 한국어를 하는 언니는 제법 깊은 대화까지 가능한데 설명이 안 되면 한자나 영어 그림이 동원되기도 한다. 우리는 서로 더

듣거리면서 할 말 다 한다. 남편 얘기에 시댁 얘기까지. 참 신기하기도 하지. 마음이 통하면 소통의 방식은 크게 문제되지 않는 것 같다.

이번엔 일행도 있고 잠깐 다니러 온 것이라 언니네 집에 묵지는 못했다. 그냥 점심 먹고 차 마시고 우에노의 남대문이라는 아메요코 시장 산책을 하며 짧은 시간을 보냈다. 아메요코 시장은 우에노 역에서 히로코지 역 방향으로 나와 길을 건너 있는 골목에 있는 시장인데 정말 우리네 재래시장과 꼭 닮아 있다. 중국산 싸구려 물건들이 주렁주렁 걸린 잡화점과 생선가게, 과일가게, 채소가게, 그리고 골목 사이사이 선술집에 대낮부터 한잔하는 아저씨 무리들까지.

헤어질 때는 언제나처럼 서로의 등을 두드려주었다. 그리고 얼굴이 보이지 않을 때까지 한참을 손을 흔들었다. 헤어짐이 아쉬워 숙소로 가지 않고 괜히 근처 우에노 공원으로 발길을 돌렸다. 함께 공원 계단을 오르던 가족이 국제어린이도서관으로 향한다.

전세계 그림책이 모여 있는 국제어린이도서관. 언젠가 우리 아이들이 제법 의젓한 어린이가 됐을 때 함께

이 도서관에 가는 상상을 해본다. 한국과 일본의 어린이가, 소중한 인연을 이어온 엄마들의 손을 잡고 세계 여러 나라의 그림책을 보며 즐거워하는 상상. 그 아이들이 자라 엄마가 되고 그 아이의 아이들이 그림책을 읽을 무렵까지 아키 언니와 토닥토닥 서로를 위로해주었으면, 그때가 되면 언니는 또 환하게 웃으며 이야기하겠지. "꿈만 같아"라고.

힘내, 토닥 토닥 토닥.

우리는 그저 소행성에
모여 사는

도쿄 4

그런 시절이 있었다. 늘 한데 모여 우리가 에두르고 있는 딱 그만큼의 공간이 우주의 전부인 줄 알던 때. 스콜라스티카, 로사, 세실리아, 줄리아, 율리안나, 시몬, 베드로, 바오로, 세베리노, 야고보로 불리던 우리는 성당키즈였다. 어려서는 미사 빠뜨리지 않고 사이좋게 지낸다고 칭찬받던 집단이었으나, 고등학생이 되면서 저것들은 몰려다니기만 한다고 싸늘한 시선을 받아야만 했던 비운의 성당키즈.

우리는 늘 함께였다. 각자 다른 고등학교에 다니고

있었는데도 매일 만났다. 주말엔 성당에, 평일엔 학교 끝나고 아파트 등나무 아래 벤치에 모여 앉았다. 별다른 얘기랄 것도 없었다. 후배들이 말을 안 듣는다거나, 선배들이 이상하다는 얘기 정도. 가끔 성당 행사가 있으면 아주 심각하게 그런 것들을 의논했다. 그리고 각자 집이나 독서실로 흩어져 하루를 마무리했다.

청소년 미사는 저녁에 있었지만 우리는 주일 아침부터 만났다. 부모님 모두 미사에 참석하신 틈을 타 서로의 집을 돌며 라면도 끓여먹고 함께 영화를 보기도 했다. 엄마는 김장을 넉넉히 했는데도 김치가 빨리 준다며 의아해하곤 했다. 당연히 모두 다 함께 성적이 조금씩 하향조정됐지만 그래도 어느 누구 하나 삐뚤어지지 않았다. 지금도 제몫 하면서 다들 잘 살고 있고.

그때 다른 사람들이 보기에 우리는 그저 소행성에 모여 사는 작은 아이들에 불과했을 것이다. 하지만 우리는 그 작은 우주에서 가슴 떨림과 사랑을 배우고, 미움과 그것을 용서하는 법을 배우고, 뒤돌아 서로를 바라보는 법을 배웠다.

애처롭게도 굽이굽이 세월의 봉우리를 넘으며, 비

로소 그곳이 우주가 아니었음을 그저 작은 소행성이었음을 깨달아버렸다. 그래도 가끔 어린 시절 그 친구들을 만나 잔잔한 애정으로 함께 있으면 작고 포근했던, 하지만 그 어느 곳보다 크고 광활했던 우리들만의 우주를 느끼곤 한다.

지금도 하루 중 어느 특정한 순간이면 그 녀석들과 함께했던 어느 날 해 질 녘이 떠오른다. 그날은 인천 시내 성당 고등부 체육대회가 열린 날이었다. 악착같이 경기를 하고 응원도 목청껏 한 우리는 당연히 우승을 했다. 우승은 우리 성당의 전통이었다. 극성쟁이들. 올해도 해냈다는 안도와 전통을 이었다는 기쁨이 교차되면서 다들 얼마나 신이 났던지. 지친 기색도 없이 쉰 목과 땀에 전 몸으로 우승트로피를 안고 운동장을 빠져나오는데, 해가 막 지고 있었다. 하나가 돼서 알차게 시간을 보낸 우리처럼 하늘도 흩어졌던 구름을 모으고 바람을 정리하며 하루를 마무리하고 있었다. 그때 갑자기 불어온 바람에 놀라 멈춰섰을 때, 시간이 정지된 듯 친구들도 제자리에 그대로 있었다. 그리고 초가을의 공기 냄새를 맡는 순간 다시 세상이 움직였다.

그 기억이 너무나 강렬해서 아직도 하루 중 해가 넘어가며 노을이 질 즈음이면 그 순간이 떠오른다. 친구들의 목소리, 땀 냄새, 바람 냄새, 조금은 텁텁했던 가을 오후의 공기까지. 벽에 걸어놓은 사진처럼 그 순간은 내 심장의 카메라에 찍혀 오후가 되면 한 번씩 들여다보게 되는 기억이다.

저녁놀이 가장 아름답게 보인다는 야나카의 저녁놀 계단 위에 서서 나는 잠깐 그때를 생각했다. 우리의 작은 우주에서 이뤄지던 부질없는 맹세와 진지한 사랑들을 떠올렸다. 매일 벅찼던 시절. 일본말로 '유야케 단단'이라는 저녁놀 계단은 퍽 잔잔했다. 그리고 오르내리기 쉬운 짧은 계단 너머 저 끝까지 작은 상점들이 조르륵 늘어서 있었다.

옛 기억을 수습하고 천천히 야나카 긴자의 상점가에 들어서니 카페, 전통찻집, 잡화점은 물론이고 꼬치구이, 생선가게, 사탕가게, 과일가게, 미용실까지 없는 게 없었다. 다 각각의 색깔이 있지만 그대로가 하나인 야나카 긴자 거리는 우리 성당키즈와 닮아 있었다.

유야케 단단에서 시작한 야나카 산책은 작은 골목

우리는 그저 소행성에 모여 사는

골목과 그 안에 숨어 있던 오래된 절과 아름다운 집을 둘러보며 더욱 흥미로워졌다. 경사진 옆 골목 어느 맨션 바로 앞에 하카바(공동묘지)가 있었는데 모두 아무렇지 않은 듯했다. 아이들도 신이 나서 떠들고, 어른들은 할 일을 하면서 평범하게 시간을 보내고 있었다. 귀신들이 외로움을 못 견뎌서 출몰할 것 같은 외진 곳에 따로 떨어져 있는 우리의 묘지들과는 사뭇 다른 느낌이었다. 삶과 죽음이 사이좋게 공존하는 느낌이랄까.

하카바를 둘러싸고 있는 벽에 기대 열심히 셔터를 누르는 분에게 '스미마셍'으로 도쿄를 평정하고 있는 A언니가 물었다. "스미마셍, 뭘 그렇게 찍는 거예요?" 중년의 아저씨는 멋쩍게 웃으며 말했다. "여기서 찍으면 저녁놀이 가장 아름답게 나온다고 해서요."

묘지 위에서 찍은 가장 아름다운 저녁놀. 가장 아름다운 저녁놀의 정의는 무엇일까? 아름답다는 건 과연 무엇일까? 아름다움은 어쩌면 눈앞에 나타나는 현상이 아니라, 잊을 수 없는 심연의 기억이 머릿속에서 분화해 시각으로 나타나는 것일지도 모른다. 나에게 가장 아름다웠던 것은 옛 시절을 떠올리면서 처음 유아케 단단 앞에 섰을 때의 저녁놀이었다.

나는 그동안 왜 이곳을 오지 않았을까 싶었다. 그
날 야나카에 빠져 다른 곳을 둘러보진 못했지만 야나
카, 네즈, 센다기 이 세 지역의 앞글자를 딴 '야네센'은
일본 뒷골목 문화를 제대로 경험할 수 있는 코스로 유
명하다. 야네센에서는 도쿄의 또 다른 매력인 화려한
도심 뒤에 숨어 있는 오래된 작은 골목들을 제대로 경
험할 수 있다. 옛날 물건 박물관에서나 볼 수 있을 것
같은 수동 펌프와 우물을 발견할 수도 있고, 그 작은
골목을 메우며 아우라를 풍기고 있는 오래된 가옥과
수많은 삶의 향기를 만나게 되는 곳이기 때문이다.

안타깝게 야나카의 골목만 둘러보게 됐지만, 나는
단박에 매료되어 다음에 꼭 네즈와 센다기를 전부 구
석구석 둘러보겠다고 결심했다. 이렇게 쉽게 포기하고
다음을 기약하는 것은, 가고 싶은 곳 한두 개쯤 만들어
놔야 그 구실로 또 떠나오게 된다는 이유도 있다.

아름다운 저녁놀이 사라질 때쯤 우리는 아는 사람만
예약하고 간다는 야나카 입구에 있는 소바집 가와무라

우리는 그저 소행성에 모여 사는

로 향했다. A 언니 남편의 단골집으로 감사하게도 미리 예약을 해주었다. 문을 열고 들어가니 테이블이 대여섯 개 정도 되는 작은 소바집이었다. 빈 테이블에 예약자인 A 언니 남편의 이름이 쓰여 있고, 가지런히 젓가락이 놓여 있었다. 예약자가 시간을 내 참석해주었고 역시 만나자마자 우리는 맥주를 주문했다.

일본에서 맥주는 영혼의 음료 같은 느낌이다. 선술집에 들어서면 사람들은 하나같이 맥주를 먼저 주문한다. 온 가족이 모여 앉는 저녁 식탁 위 아빠 자리 앞에 놓인 시원한 맥주 한 컵, 샤워를 마치고 냉장고를 열어 가장 먼저 찾는 맥주캔. 어둠이 새빨간 저녁노을을 삼키면 도쿄의 곳곳이 부드러운 금빛 물결로 출렁인다.

그날 밤 우리 일행도 그 물결 속에 함께 빠져들었다. 신선한 회, 성게알이 들어간 호화로운 달걀말이, 오리훈제, 하모라는 이름의 어묵, 작은 생새우를 동그랗게 모아 튀겨낸 모양이 사쿠라 같다고 이름 붙여진 사쿠라에비, 커다란 새우튀김이 함께 나오는 소바와 함께. A 언니와 그녀의 남편, 도쿄에 사는 사촌 동생 그리고 나까지. 처음 마주하는 조합인데도 끊임없이 술잔을 기울이며 이야기가 이어졌다. 심각할 것 없는 분위기에서 한참을 깔깔댔다.

취한 줄도 모르고 계속해서 술잔을 기울였다. 문득 오랜만에 찾은 절 아사쿠사에서 100엔을 넣고 해본 오미쿠지(길흉을 점치는 제비)가 떠올랐다. 거기 쓰여 있던 한 줄, '大吉 The Best Fortune'. 행운이란 바로 이런 것이겠지. 좋은 사람들과 맛있는 음식을 먹으며, 삶을 나누는 지금 이 순간.

우리는 그저 소행성에 모여 사는

인생을 드라마에서 배웠다

요코하마, 가마쿠라

"도대체 왜 남자들은 한국 축구, 유럽 축구, 남미 축구, 한국 야구, 일본 야구, 미국 야구를 다 챙겨보는 걸까?" 라는 질문에 후배녀석이 명쾌한 답을 주었다.

"누나도 한국 드라마, 일본 드라마, 미국 드라마, 영국 드라마까지 챙겨보잖아요."

한 대 쥐어박기엔 너무 늦은 후배 앞에서 나는 할 말을 잃었다. 듣고 보니 그렇네.

초등학교 때였다. 이삿날 풀지도 않은 박스들이 쌓여 있는 거실 한편에서 얼른 TV부터 연결한 아빠는 짐

정리할 생각은 않고 소파에 누워 야구를 봤다. 스포츠를 좋아한다는 이유로 아빠의 총애를 받던 얄미운 합죽이 내 동생은 아빠 옆에서 새우깡 부스러기를 흘리며 함께 TV를 봤고, 아빠의 표현대로라면 '백해무익한' 드라마가 TV 시청의 전부였던 엄마와 나는 열심히 짐 정리를 했다.

이 채널권에 대한 보이지 않는 폭력의 트라우마로 인해 현재 내가 실세인 우리 집에서, TV 앞에 내가 시퍼렇게 눈을 뜨고 있는데 함부로 스포츠 채널로 돌리는 일은 반역행위로 간주된다. 예를 들어 이런 식이다. 남편은 경기 스코어에 대한 궁금증을 참지 못하고 내가 잠깐 설거지하는 사이에 교묘하게 무음으로 해놓고 야구경기로 채널을 바꾼다. 언제나처럼 늘 머리 뒤에 눈을 달아놓고 작은 숨소리 하나도 놓치지 않는 나는 갑작스럽게 조용해진 실내의 이상기류를 감지하고 할 일을 빨리 마친다. 그리고 세상모르게 야구 경기에 빠져 있는 남편에게 가 조용히 한마디한다. "미쳤구나."

오랜 세월 채널권 소유자로 군림하던 우리 아빠는 드라마가 백해무익하다고 했지만 천만의 말씀. 드라마

인생을 드라마에서 배웠다

는 정말 피가 되고 살이 된다. 나는 드라마를 통해 이혼절차에 대해 알았고, 친자확인방법에 대해 배웠으며, 떡을 먹다 죽거나 웃다 죽을 수도 있다는 응급상황에 대한 지식도 생겼고, 온갖 연애와 이별, 권모술수와 처세에 대해 배웠다. (참 좋은 거 배웠다.)

이런 살아 있는 지식 외에도 드라마는 잊었던 시간을 떠올리게 해주고, 다가올 미래를 짐작하게 해준다. 나를 흔들어 놓은 일본 드라마 〈단 하나의 사랑〉과 〈최후로부터 두번째의 사랑〉이 꼭 그랬다. 요코하마를 배경으로 한 〈단 하나의 사랑〉은 재벌 집 딸과 가난한 집 청년 가장의 무모한 사랑 이야기였고, 〈최후로부터 두번째의 사랑〉은 상처한 쉰의 남자와 폐경을 맞은 마흔다섯 여자의 은은한 사랑이 그려졌다.

둘 다 정말 극과 극의 이야기 같지만 사실 그 두 드라마는 현재의 나를 중심에 두고 과거와 미래를 관통하고 있었다. 내 스물의 사랑과 다가올 마흔의 삶에 대해 두 편의 드라마로 나는 많은 생각을 하게 됐다. 그리고 생각을 하다 하다 더 하고 싶은 마음을 억누르지 못하고 비행기에 올랐다. 어찌됐건 현실의 내가 스물의 사랑을 다시 만나고, 마흔의 나를 먼저 조우할 수 있는 방법은 그뿐이라고 생각했다.

마침 무슨 축구 리그인지 시즌인지가 시작돼 TV 채널권을 온전히 차지할 수 있게 된 남편은 함박웃음을 띠고 자기 카드까지 선뜻 내주며 여행을 보내주었다. 원수 같던 바다 건너 먼 나라 축구선수들이 또 그렇게 고마워보기는 처음이었다.

인생을 드라마에서 배웠다

스물, 단 하나의 사랑

요코하마

반달 모양의 인터컨티넨탈 호텔에 짐을 풀었다. 커튼을 젖히니 넓은 항구와 바다가 방 안으로 쏟아져 들어왔다. 바다 전망 선택은 탁월했다. 그냥 며칠 방 안에만 있어도 좋을 정도였다. 대충 짐을 풀고 침대에 누워 한참 동안 바다 너머 수증기 같은 도시를 바라봤다. 요코하마, 드디어 너를 만났구나. 드라마 〈단 하나의 사랑〉으로 각인된 요코하마는 나에게 스물의 사랑이었다.

스물, 그때 우리는 모두 짝사랑 중이었다. 약속이라도 한 것처럼 그랬다. 각자 자신만의 궤도를 따른 탓에

서로에 대한 마음이 조금씩 어긋나 있었다. 쉽게 말해 우리는 진상이었다. 싫다는데 좋다고 하고, 좋다는데 됐다고 하고. 짝이나 있으면서 그러면 모르겠는데, 짝도 없으면서들 그랬다.

지금 같으면 까짓것 한번 만나나 보고 싫음 말면 되는데 뭘 그렇게 대단하신 분들이라고 이래서 싫고 저래서 좋고 어찌나 이유가 많던지. 더 기가 막힌 건 짝사랑 상대가 뭐 썩 괜찮지도 않았다. 그렇게 미련하고 어줍기 그지없던 스물의 사랑들은 제자리를 찾지 못하고 늘 둥둥 떠다녔다.

부표 같은 사랑을 등에 지고 살던 그때의 우리는 치열한 하루를 보내다가도 밤이면 짝사랑이 서러워 울기 바빴다. (아주 상진상이 되는 순간이었다.) 가진 것 없는 스물의 우리는 해가 지면 모여 싸구려 삼치 안주에 소주잔을 기울였다. 갖은 시위에 참석했던 모임이니만큼 처음에는 점잖게 정치며 노동운동이며 사회변화에 대한 이야기로 시작했다. 그렇게 진지하게 술을 한두 잔 걸치다 한 병 두 병이 되면 여기저기서 사달이 났다. 화장실 갔다 오다 주저앉아 울고, 울다가 앉은 자리에서 토하고, 괜히 우는 거 달래다 저도 울고, 그러다 소리치면서 엉뚱한 사람한테 고백하기도 하고. 그래도 어김없이 내일은 찾아왔고, 다들 언제 그랬냐는 듯 근엄한 얼굴로 돌아와 이 땅의 피 끓는 청년의 얼굴로 하루를 시작했다.

진상에서 상진상으로 반복되던 스물의 우리들. 풋풋하고 예쁘기보다 그냥 철없고 못나고 가여웠던 우리들. 스물은 그런 것 같다. 나만 생각하는 때. 내 사랑이 가장 진실하고, 내 감정이 가장 소중한 시절. 조금만 허기져도 사이렌 울리듯 울어버리는 24개월 미만의 영유아들과 크게 다르지 않다.

그래서 나는 절대로 스무 살로 돌아가고 싶지 않다. 적어도 나에게 스무 살은 소설 속이나 드라마 속에서만 아름답다. 〈단 하나의 사랑〉 속 요코하마에 살던 나오와 히로토의 사랑은 아름다웠다. 무모했지만 단단했다.

나오의 아버지는 "사랑이 할 수 있는 건 한계가 있어. 사랑을 과대평가해서는 안 돼. 게다가 자네의 감정은 젊음에서 오는 정열이야. 아직 사랑 따위 입에 올릴 수 있는 게 아니야. 단지 연애 감정일 뿐이야"라는 뻔한 말씀으로 둘을 반대했다. 역시나 예상을 벗어나지 않고 히로토도 "단지 연애 감정일지도 모르지만 제게 있어서는 단, 단 하나의 사랑입니다. 앞으로 누구와 만나더라도 절대 이런 식으로 되지 않습니다. 제 목숨과 바꿔 만일 나오가 살 수 있다면 지금 바로 그렇게 할 겁니다"라고 판에 박힌 남자주인공 대사로 응수했다. 이렇게 예측 가능한 우여곡절이 곳곳에서 일어났지만, 자기 생활을 팽개치고 오직 주인공들 사랑 걱정에 마음 편할 날 없는, 현실에 절대 없을 친구들과 아름다운 요코하마의 풍광 속에서 둘의 사랑은 결국 이루어졌다.

일어나기 싫은 몸을 간신히 일으켰다. 관광을 목적으로 온 것이지만 하루 종일 침대에 누워 흘러가는 바다와 그곳을 오가는 유람선만 바라보며 있고 싶었다. 여행이라는 건 굳이 움직이지 않아도 좋은 것이지 않은가. 이미 두 나라의 공항을 오간 것만으로도 여행에 대한 욕구의 8할이 채워졌으니 말이다. 어딜 가든 다음에 또 올 거라는 밑도 끝도 없는 자신감으로 게으른 여행자가 되는 나지만, 그렇다고 아무것도 안 하고 있을 수는 없는 일인지라 택시를 타고 모토마치로 향했다.

　일본 개항 후 외국인들의 단골가게가 모여 만들어
졌다는 모토마치는 그 역사가 벌써 150년이 훌쩍 넘었
다. 직접 본 모토마치는 할머니와 손녀딸이 함께 쇼핑
을 해도 좋을 거리였다. 어느 누가 서 있어도 어울릴 만
한 공간처럼 보였다.

　드라마 속 나오의 아버지가 운영하는 보석상점인
스타주얼리와 정말 오래된 듯한 양복점이나 잡화점 들
이 ABC마켓이나 자라 같은 브랜드들과 어울려 있고
프랜차이즈 커피전문점과 전통을 자랑하는 찻집이 함
께 있었다. 중심가에서부터 혈관처럼 이어진 골목에는
이 거리를 지키며 살아가는 사람들의 일상이 드러났다.

　유럽 어느 거리처럼 앤티크한 가로등 옆에 붙은 스
피커에서 나오는 클래식 음악이 바람과 함께 거리를 흘
러다녔는데, 그 덕에 거리는 물론 그 위를 걷고 있는 사
람들 모두 매우 우아해지는 느낌이었다. 잠시 쉬기 위
해 들어간 커피숍 주인의 말로 해가 지면 음악이 재즈
로 바뀐다던데, 생각보다 우아하지 못한 나는 주린 배
를 어쩌지 못하고 재즈를 포기한 채 다시 호텔이 있는

미나토미라이로 돌아왔다.

어둠이 깔린 미나토미라이는 낮과는 또 다른 모습이었다. 머리 위에 야경의 대부분을 차지하는 커다란 관람차를 이고 서서 그냥 거리를 지나는 사람들을 바라봤다. 수많은 나오와 히로토가 보였다. 어차피 이 야경을 보기 위해 온 커플이라면 지난한 과정은 다 겪었을 터. 불가피하게 나의 관찰은 단면만 허락되었을 것이다. 그래서인지 스물 즈음으로 보이는 그들의 모습은 예전의 우리와 다르게 현실임에도 아름다웠다.

관광객으로서의 임무를 완수한 나는 호텔로 돌아와 와인을 마셨다. 바다를 보면서, 수면 아래 화려하게 움직이는 해파리떼의 몸짓을 보면서, 저 멀리 뱃고동 소리를 들으면서 한 잔 두 잔 석 잔을 마셨다. 짝사랑만으로 너무나 벅차던 스물의 나와 만났다. 스물의 나는 서른 중반의 나를 칭찬해주었다. "짝도 잘 고르고 잘 살았다. 이제는 무모하지도 섣부르지도 말아라, 많이 묵었다 아이가."

그리고 다음날 아침 스물의 나를 만난 기쁨의 세리모니라도 해야 하는 양, 실로 오랜만에 진상이 됐다. 머

스물, 단 하나의 사랑

리도 아프고 속도 메스껍고 정말이지 보랏빛 꽃이 아름다운 가로수에 토할 뻔했다. 아, 스물이 문제가 아니라 내가 문제인 건가? 반쯤 감긴 눈 아래 다크서클을 턱까지 끌어내린 초췌한 몰골을 하고 생각이 많아진 나는 일단 미래의 나를 만나보기로 했다. 마흔 이후 나의 삶은 과연 어떻게 될까? 가마쿠라에 가면 정답이 보일까? 일단 술 깨는 드링크부터 사서 마시고.

마흔, 끝나지 않은 사랑

가마쿠라

김광석은 요절하지 말았어야 했다. 오래도록 살아남아 마흔을 쉰을 예순을 목전에 둔 사람들을 위해 그즈음 시리즈 노래를 만들었어야 했다. 그랬다면 우리는 조금이라도 더 긴 시간 위로받을 수 있었을 것이다. 스물아홉에 〈서른 즈음에〉가 힘이 되었던 것처럼.

　스물아홉은 과거를 생각하고, 서른아홉은 미래를 생각한다. 서른의 목전에서는 지나온 날들의 후회가 밀려오지만 마흔을 앞에 두고서는 다가올 미래에 대한 두려움이 엄습한다. 나는 과연 앞으로 어떻게 살아가게 될 것인가. 30대 중반을 넘어서면서 이 '나이 듦'에 대한 화두는 일상적인 고민이 됐다. 누구도 고민의 본질을 해결해줄 수 없는 문제 앞에서 어쩔 줄 모르고 있을 때 드라마 〈최후로부터 두번째의 사랑〉이 찾아왔다.

철저하게 독립적인 드라마 PD 45세 치아키. 열 살도 더 어린 남자와 막 잠도 자는 부러운 여인이지만, 외로움과 싸우는 중이다. 드라마는 "언젠가 온화하고 마음의 여유가 있는 듯한 멋진 어른이 되고 싶다고 생각했다. 그러나 나이는 이미 한참 전에 어른이 되었는데 생각했던 것과 전혀 다른 모습의 내가 있다"라는 치아키의 독백으로 시작한다.

탄탄한 커리어를 가진 싱글 여성의 화려한 인생을 즐기던 치아키는 가마쿠라의 오래된 집을 사서 이사한다. 그리고 우연히 옆집 사람들과 친분을 갖게 되는데 아내와 사별 후 사춘기 딸과 동생들과 함께 사는 50세의 공무원 와헤이의 가족들이다. 드라마는 세대가 다른 이들의 고민과 사랑 이야기를 가마쿠라라는 무대 위에 담담하게 풀어놓았다.

특히 포인트는 만날 때마다 티격태격 벌어지는 와

헤이와 치아키의 언쟁이다. 그중에서도 기억에 남는 대목이 있는데 비슷한 또래라고 얘기하는 와헤이에게 발끈해 자신은 아직 40대라고 치아키가 강조하는 장면이다. 그러자 와헤이가 하는 말. "당신이 스무 살 때, 마흔 다섯 살과 쉰 살을 구분할 줄 알았나?" 맥주 한 잔을 들이켜며 드라마를 보던 나는 풉 하고 노란 보릿물을 뿜어버렸다.

그래, 잊고 있었어. 한두 살이라도 어려 보이겠다고 기를 쓰지만, 그들이 보면 다 똑같은 중년 여성이었어. 아이피엘, 레이저, 프락셀, 보톡스, 다 소용없는 거야. 그냥 거기서 거긴 거였어.

그렇게 위로와 치유의 드라마가 끝난 후 줄곧 당장이라도 가마쿠라로 가고 싶었다. 주인공을 동경해서가 아니었다. 그러니까 가마쿠라는 나에게, 마흔이 얼마 남지 않은 나에게, 서른이 얼마 남지 않았을 때 김광석의 〈서른 즈음에〉 같은 것이었다.

각자 연하의 상대에게 이별 통보를 하고 온 날 치아키와 와헤이는 우연히 만나 이야기를 나누게 된다. 치아키는 중년의 나이에 아직까지 혼자라는 불안한 마

마흔, 끝나지 않은 사랑

음에, 멋진 연하의 남자친구가 있다는 상황을 잡아두기 위해 그의 마음을 이용했다는 것을 인정한다. 자신이 너무 비겁했다는 것도 함께.

와헤이 또한 "나이도 먹을 만큼 먹었는데 아무것도 몰랐어요. 나이가 들수록 점점 모르겠어요. 특히 여자랑 사랑은 더욱. 하지만 알고 있는 척하고 싶어요. 알고 있다는 듯 말하고 싶어요. 이게 어른이 되었다는 건가봐요"라며 비로소 자신들이 어른이 됐음을 담담하게 깨닫는다.

이들의 대화를 보면서 가슴이 쿵 하고 떨어졌다. 또 하루 멀어져간다던 김광석의 목소리를 들을 때처럼 그랬다. 그래 40대. 사랑을 모르지만 아는 척해야만 하는 나이. 외롭지만 견딜 줄 알아야 하는 나이. 어른이 되는 나이. 왠지 그들이 어른이 됐다는 걸 깨달은 곳으로 가면 나 또한 다가올 미래가 두렵지 않은 튼튼한 어른이 될 것만 같았다.

요코하마에서 가마쿠라까지 가는 길은 가깝지도 멀지도 않았다. 나의 스물과 서른이 그랬던 것처럼 길지도 짧지도 않은 시간이었다. 가마쿠라에 도착하고 왜 그곳을 드라마의 배경으로 했는지 정확히 알 수 있었다.

드라마에도 나오는 이야기지만 사람들은 가마쿠라의 집들을 옛 고古 자를 써서 고민가古民家 라고 부른다. 정말 딱 보기에도 시간의 흔적이 느껴졌지만 낡았다거나 누추한 느낌이 아니었다. 마치 어느 시절 속에서도 당당한 '성城'과 같았다. 세월을 견뎌낸 것들에게만 주어지는, 돌처럼 단단한 위엄이 있었다. 오래됐지만 결코 낡지 않은 가마쿠라의 모든 것들은 보는 것만으로도 다가올 새로운 시대에 대한 두려움을 덜어주기에 충분했다. 그러니까 가마쿠라는 이제 어른이 되었고, 그것이 그렇게 어렵고 힘든 일만은 아니었다는 걸 부드럽게 이해시켜주기에 꼭 알맞은 장소였다.

생일날 케이크에 빼곡히 꽂힌 마흔여섯 개의 촛불을 보고 쓸쓸해하는 치아키에게 와헤이가 말한다. 스물셋의 생일보다 마흔여섯의 생일이 더 훌륭하다고. 이 수많은 양초들은 당신이 지금까지 열심히 살아왔다는 증거라고.

혹시라도 살고 있는 사람들에게 폐를 끼칠까 조심

스럽게 고민가 사이를 걸었다. 그리고 지금까지 나를 흔들었던 모든 시련들에 대해 생각해봤다. 더러는 슬기로웠고, 더러는 무지했지만 그래도 썩 잘 이겨냈다. 스물셋의 나보다 지금의 내가 좀더 아름다울 수 있는 이유가 분명히 있었다.

슬램덩크에 나와 유명하다는 2량에서 4량 정도의 작은 꼬마열차 에노덴을 타고 에노시마까지 가볼까도 했지만 그러지 않기도 했다. 조금 더 치아키와 와헤이의 이야기를 듣고 싶었다. 다음에 에노덴을 꼭 타고 싶을 때 에노덴만을 타기 위해 다시 와야지 하고, 쿨하게 철길을 지나 바닷가로 향했다.

모래사장에는 서핑을 즐기러 온 사람들로 넘쳐났지만, 방파제처럼 높이 올라선 인도는 고요했다. 바다를 따라 걸으며 마흔여섯 치아키 언니의 마지막 말을 곱씹었다.

"아직 사랑은 끝나지 않았다. 외롭지 않은 어른 따위 없다. 인생이 언젠가 끝나버리는 걸 어른은 알고 있기 때문이다. 그 마지막은 누구와도 나누지 못하기 때문이다. 그러니까 즐거울 때는 마음껏 웃고 싶다. 슬플 때도 마음껏 울고 싶다. 어떤 시간도 소중하기 때문이다. 외롭지 않은 어른 따윈 없다. 그렇기 때문에 외로움을 감추기 위해 사랑하는 건 그만두자. 사랑이 없어도 멋진 인생은 분명히 있을 거다. 평범한 말이지만 앞을 향해 나아가자. 잘 살아가는 것이 가장 중요하다. 인생은 자신의 미래를 사랑하는 건지도 모르겠다. 자신의 미래를 사랑한다면 분명히 즐겁게 살아갈 수 있을 것이다."

영감을 준 드라마의 배경이 된 곳으로 여행 한번 다녀왔다고 나의 미래에 대한 고민이 없어지지는 않을 것이다. 나는 여전히 친구들과 마흔이 되면 사랑은 다 끝나버리는 건 아닐까 우울해진다는 이야기를 나눌 것이다. 어떻게 해도 빠지지 않는 나잇살을 저주하면서 사라지는 매력에 대해 슬퍼도 하겠지.

그러나 가마쿠라에 다녀온 뒤 나는 적어도 마흔이 된다는 것에 소스라치게 놀라지 않게 됐다. 사랑이 없어도 멋진 인생이 있을 거라 믿어보기로 했기 때문이다. 치아키의 말대로 웃고 싶을 때 웃고 울고 싶을 때 울면서, 다른 누구를 바라보는 사랑이 아닌 나를 사랑

마흔, 끝나지 않은 사랑

하면서 살다보면 어느 날 멋진 인생이 내 앞에 툭 선물처럼 떨어질지도 모를 일이다.

4부

우린 정말 행복했을까

프라하

잠깐 사이 이륙을 완료한 비행기 아래로 세상이 점점 작아졌다. 그 작은 세상도 서서히 사라졌다. 그러나 열 시간을 날아 도착했을 때 다시 선명한 삶이 펼쳐졌다. 전혀 다른 세상. 바츨라프 하벨 공항을 감싸고 있던 춥고 무거운 겨울 공기만 내가 살던 곳과 조금 비슷했다.

아이와 함께하는 유럽 여행을 계획하면서 대외적인 여행 동기와 목적은 아이의 행복을 위한 것이었으나 사실은 달랐다. '초등학교 입학 기념 여행'이라는 거창한 단서를 붙였지만 솔직히 말하면 그냥 내가 떠나고 싶었다. 긴 겨울을 이겨낼 수 있는 것은 여행뿐이었다. 여행은 나에게 구원이었다.

철저히 나의 필요에 의해 계획된 여행이지만 모든 초점은 동행하는 딸아이에게 맞춰졌다. 위급상황에 대처할 수 있고, 힘들지 않은 여정이어야 하며, 흥미로운 문화를 접할 수 있는 여행. 고민 없이 프라하를 선택했다. 나의 대모님 세레나 언니가 살고 있는 곳.

캄캄한 밤에 도착한 프라하 6구역 언니의 집 앞에 눈이 쌓여 있었다. 겨울을 피해 온 여행이 무색할 정도였다. 여행가방을 옮기면서 이곳에서 행복할 수 있을까 생각했다. 아이와 함께 낯선 곳에 짐을 풀고 잠이 드는 순간까지 의심했다. 오랜 병원생활을 경험한 이후 무리에서 이탈하는 것을 끔찍하게 싫어하는 아이에게, 유치원 수업 대신 엄마와 낯선 곳을 다녀야 하는 보름의 시간이 행복하게 기억될까.

프라하는 세번째 방문이었다. 이번에는 '음악'을 찾아다니기로 했다. 프라하는 예술의 도시이다. 이국적인 아름다움 이상의 기품이 있다. 옛날 음악가들에게 아낌없는 후원을 했던 보헤미아의 귀족처럼 나도 이번 여행에 수많은 예술가들을 초대했다. 스메타나, 드보르작, 모차르트, 베토벤, 차이콥스키, 쇼팽 그리고 존 레넌까지. 빈과 베네치아, 폴란드를 오가는 여정 사이사이 근거지가 되었던 프라하에서 늘 귓전에 음악이 맴돌도록.

제일 먼저 초대에 응한 사람은 베토벤이었다. 카를다리를 건너 베토벤이 묵었다는 여관 앞. 베토벤이 다녀갔으니 당연히 그가 주인이라도 된다는 양 건물의 커다란 문 옆에 베토벤의 얼굴이 도드라진 현판이 걸려 있었다. 그는 이곳에 머물며 어떤 곡을 썼을까 궁금했다. 불멸의 연인과 체코의 지방도시 테플리체에서 만나기로 하고 프라하에 잠시 머물렀다는데 그즈음이었을까? 그때 프라하에 도착한 베토벤은 당장이라도 연인을 만나러 가고 싶어 안달이 났다는데, 사랑의 열병에 들뜬 그가 지금 내가 서 있는 돌길 위를 거닐었을까? 귓가에 베토벤이 작곡한 사랑노래 〈로망스〉가 울렸다.

사랑하는 남녀의 설레는 마음을 음으로 표현해낸 사랑스런 바이올린 선율을 흥얼거리며 끝까지 사랑을 이루지 못하고 떠난 베토벤을 생각했다. 손을 잡고 걷던 아이가 물었다.

"엄마 무슨 노래야?"

"베토벤 할아버지가 작곡한 노래."

"엄마 좋겠다. 베토벤 할아버지 노래도 알고."

"너도 알고 있는걸? 매일 아침 피아노로 연주하는 〈엘리제를 위하여〉가 바로 베토벤 할아버지의 곡이야."

아이는 뛸 듯 기뻐했다. "나도 알고 있었네"를 연발하며 허공에 손을 얹고 연주를 시작했다. 17세기 초에 만들어진 음악을 연주하는 여덟 살 난 아이의 그 모습이 1200년대 언제쯤 지어졌다는 중세 수도원과 어울려 묘한 풍경을 만들어냈다. 음악도 건물도 세월을 이겨내는데 그 앞에 무너지는 건 사람뿐이었다. 인간이 얼마나 작은 존재인지 진작에 알고 있었지만 새삼스러웠다.

서른이 지나고부터 가끔, 아니 그것보다는 자주 내 삶을 객관적으로 바라보게 됐다. 한 발짝 떨어져 나란 사람을 평가하다보면 생은 언제나 아득해졌다. 처음엔 애드벌룬처럼 커다랗다가 아이 손에 달린 풍선만 해졌다가 이번엔 땅 위로 또르르 구르는 야구공만 해졌다가 탁구공만 하게, 그러다 닳은 지우개만 해졌다가 점점 작아져 지우개 가루만 하다가 연필심으로 찍은 점에서 어느새 보이지 않는 먼지가 되어 눈앞에서 사라지고 말았다.

처음 먼지가 돼 사라지는, 사라지고 있는, 사라질 게 뻔한 생을 목도했을 때 나는 안도했다. 오래달리기를 마치고 주저앉은 사람처럼 온몸에 긴장이 풀리면서 본능적인 편안함이 밀려왔다. 훅 하는 작은 입김에 언제든 사라져버릴 수 있는 먼지 같은 존재라면 그렇게 기를 쓰며 달리지 않아도 괜찮았다. 그냥 먼지는 먼지처럼 자유롭게 날아다니면 됐다. 그런데 시간이 지나면서 나는 조금씩 또다시 먼지의 삶을 망각하며 지냈다. 시기하고 질투하고 욕심을 내고, 그러는 중이었다. 불평과 불만이 다시 삶을 물들이려 하고 있었다. 그러다 그곳에서 베토벤의 발자취를 따라 걷다가 우연히 내가 먼지임을 다시 상기하게 된 것이다.

오래된 수도원 건물의 담을 끼고 옆 골목으로 돌아나가니 1960년대 존 레넌의 초상화가 그려진 기다란 벽이 나왔다. 전쟁 속에 평화를 부르짖던 존 레넌. 평화를 잃은 체코인들이 할 수 있었던 것은 그를 기억하며 몰래 담벼락에 평화에 대한 이야기를 적는 것뿐이었다. 그 벽은 그렇게 생겨났다.

시간이 지나 프라하에도 봄이 찾아오고, 요즘 그곳을 찾는 사람들은 평화를 넘어 사랑과 우정과 행복과 슬픔까지 그저 떠오르는 대로 적어놓는다. 사랑의 맹세와 굳은 다짐들이 벽을 채웠고 이제 사람들은 자신들의 맹세와 다짐을 위해 일부러 그 벽을 찾는다.

〈이매진Imagine〉을 찾아 들었다. Imagine all the people living for today. 그가 만든 평화의 노래를 들으며 먼지는 그저 오늘을 살 뿐이라고 상상한다. 동화책이라도 읽는 듯 벽 위의 낙서 속에서 한글을 찾아내고 좋아하는 아이를 보면서, '오늘' 우리는 참 행복하구나 했다.

결론부터 말하자면 우리는 여행 내내 즐거웠다. 내일은 없는 듯 하루하루를 보냈다. 그 뜨거움으로 나는 1월의 프라하에서 겨울을 잊었고, 아이도 두고 온 모든 것들을 떠올리지 않았다. 그래, 우리는 행복했다.

생각보다 아이는

빠르게 자란다

빈 1

아이가 자라는 소중한 순간을 비슷비슷한 일상으로 뭉뚱그려 기억 속에 묻어두기엔 시간이 너무 아깝다. 매 순간 느끼는 것이지만 생각보다 아이는 너무나 빠르게 자란다. 어느 때는 내 앞에서 숨 쉬고 울고 웃고 잠든 아이가 너무 예뻐 시간이 그대로 멈추기를 바란다. 그러나 야속한 시간은 나의 의지와 상관없이 흘러가버리고, 눈 깜짝할 새 다섯 살의 아이는 온데간데없고 여섯 살의 아이가, 여섯 살의 아이는 저만치 사라지고 일곱 살의 아이가 서 있다.

그렇게 훌쩍 자라 배낭을 메고 앞서 걷는 아이를 보면서 꿈은 이루어지는구나 했다. 사람들은 원대한 목표를 세우고 그것을 정복해야 꿈이 이뤄졌다고 하지만 사실 꿈이라고 다 커다랗지만은 않다. 아이를 갖기 전 빈 여행을 하면서 작은 꿈을 꾼 적이 있었다.

　　스냅사진처럼 선명하게 남아 있는 풍경. 사람이 별로 없어 고요했던 빈 남역 매표소 앞에 서 있던 금발의 두 모녀. 커다란 캐리어를 옆에 둔 엄마와 씩씩하게 제 가방을 등에 메고 서 있는 예닐곱 살의 여자아이. 그 모습에 시선이 멈췄을 때, 일순간 두 모녀의 그림 같은 풍경이 나의 그림자이기를 바랐다. 그리고 그 둘을 한참 바라보며 나도 언젠가는 키 작은 나의 딸과 함께 저렇게 서 있기를 꿈꿨다.

　　금발의 모녀를 만난 그 시점에서 꼭 8년 후, 빈에 다시 돌아와 배낭을 멘 딸의 손을 잡고 걷고 있는 나의 모습에 가슴이 터질 것 같았다. 여행은 꿈을 꾸게도 또 꿈을 이루게도 해주는구나. 멍 하니 서 있는 사이 자기 배낭을 메고 저만치 앞서간 아이가 소리쳤다. "엄마! 빨리 와!" 나는 웃음이 터졌다. 씩씩하게 걷는 모습이 귀여웠다.

아이는 조금 전만 해도 온몸을 배배 꼬며 "기차 심심해, 기차 심심해"를 노래했다. "기차 안에서 선택할 수 있는 건 두 가지뿐이야. 계속 심심하다고 짜증을 부리면서 가는 것 하나, 심심하고 지루하지만 그래도 재미있는 걸 찾으면서 가는 것 하나." 아이는 다행히 후자를 선택한 것 같았다. 가끔 아이가 어쩌지 못하는 상황에서 떼를 쓸 때면 둘 중 하나를 선택하게 한다. 상황을 바꿀 수 없으니 생각을 바꾸라고 말한다.

빈 중앙묘지에 갔을 때였다. 피아노학원에서 만든 음악가의 생애가 그려진 작은 소책자를 들고 온 아이는 안토니오 비발디도 오스트리아에 묻혔다는데 왜 여기 없는 거냐며 뜬금없이 떼쓰기 시작했다.

"글쎄 엄마도 모르겠다. 그런데 이곳이 오스트리아의 전부가 아니고 비발디는 여기 없어. 그렇다면 여기서 지금 없는 비발디를 찾는 게 현명할까, 눈앞에 있는 베토벤, 슈베르트, 모차르트, 브람스 할아버지들한테 인사하는 게 현명할까?"

잠시 생각에 잠겼던 아이가 고개를 내리더니 모기

만 한 목소리로 말했다. "안녕하세요." 할아버지들이 들었을까? 지구 반대편의 작은 나라에서 날아온 작은 아이의 한국말 인사를.

빈에 머무는 내내 아이는 시키지 않아도 현명한 선택을 했다. 다리 아프지만 걸어야만 하니 이왕이면 더 빨리 달린다거나, 호텔 뒤 놀이터에서 더 놀고 싶지만 엄마와 가기로 정해놓은 곳이 있으니 그네는 딱 한 번만 타고 엉덩이를 털고 일어났다. 한 번도 울거나 보채지 않았다.

돌아오는 기차에서 큐브를 이리저리 맞추며 시간을 보내던 아이는 이번엔 버티지 않고 낮잠을 잤다. 기차에 내려서도 제 물건을 알아서 챙기는 아이를 보면서 참 많이 자랐구나 싶었다. 손을 잡을 수도 없을 만큼 작던 아이가 어느새 나와 손을 맞잡고 걷고 있었다.

여행은 시간의 속도를 한껏 늦춰주었다. 여덟 살 1개월 아이의 말투, 걸음걸이, 손의 크기까지 전부 다 기억할 수 있도록. 눈 깜짝할 새 커버리는 아이지만 여행의 한때만큼은 언제라도 기억할 자신이 생겼다. 생각보다 아이는 빨리 자라고, 일상의 기억은 생각보다 무

심하며, 낯선 곳에서의 기억은 두고두고 잊히지 않을
만큼 친절하다.

생각보다 아이는 빠르게 자란다

브람스를 만나는 길

빈 2

호텔은 왕궁의 마구간을 개조해 만들었다는 무제움 크바르티어 바로 뒤쪽이었다. 게른트너 거리를 지나 국립오페라하우스를 통과해 호텔까지 걸어오면서 혹시 브람스를 닮은 할아버지를 만나지 않을까 기대했다.

스승 슈만의 아내 클라라 슈만을 평생 마음에 두었다는 가슴 아픈 사연의 주인공인 브람스는 매일 아침 우리들이 지나온 바로 그 거리를 산책했다. 같은 길을 같은 시간에 걸으면서 주머니 가득 담아 온 사탕을 꺼내 아이들에게 나눠주곤 했다. 브람스가 살던 때와 크게 달라지지 않아서인지 거리를 걸으며 자꾸 흘깃댔다. 아닌 줄 알면서도 혹시 주머니에서 사탕을 꺼내 함박웃음을 짓는 할아버지가 나타나지 않을까 싶었다.

클라라 슈만이 죽었을 때 "난 오늘 삶에서 가장 소중한 것을 잃었네"라고 말하고 이듬해 자신도 저세상으로 떠났다는 브람스가 살아 있을 리 없지만 그래도 빈이니까, 언제라도 시간여행자들에게 문을 열어주는 도시니까 하는 기대가 있었다.

당연하게도 브람스는 나타나지 않았다. 우리는 직접 브람스를 만나러 가기로 했다. 빈 중앙묘지. 베토벤과 브람스와 요한 슈트라우스 부자와 슈베르트와 모차르트가 잠들어 있는 곳. 아이에게 그들이 바람 속에 그저 이름만 남은 허상이 아니라 지금의 너와 똑같이 태어나 먹고 마시고 사랑하고 울부짖으며 살다간 진짜 사람들이었다는 사실을 알려주고 싶었다.

중앙묘지 안 음악가 구역은 여전했다. 우리는 그들이 함께 머물고 있는 32B 구역이 나올 때까지 쭉 뻗어 있는 중앙묘지의 중앙을 마구 달렸다. 차가운 공기를 덮은 하늘이 어찌나 새파랗던지 마치 창공에 발을 담그고 뛰는 기분이었다.

드디어 피라미드처럼 서로를 바라보고 있는 그들의 묘지에 도착했을 때, 브람스의 묘지 앞에는 하얀 눈 속에 새빨간 장미가 꽂혀 있었다. 평생을 한 여자만 사랑했던 그의 뜨거운 심장 같은 장미. 장미를 보는 순간 추위가 사라지는 것 같았다. 한겨울 눈 위에 핀 장미를 보자 매서운 겨울바람도 포근한 기분이었다. 긴 겨울을 피해 지구 반대편에서 달려온 우리에게 계절을 잊게 해준 그 빨간 장미는 할아버지가 된 브람스의 주머니 속 사탕처럼 달콤한 뜻밖의 선물이었다.

빈을 다시 찾기 전 모차르트, 베토벤, 슈베르트, 하이든, 브람스의 음악이 탄생한 바로 그 장소에서 음악을 들어보고 싶었다. 그러나 미취학 아동과의 여행은 작은 사치를 허락하지 않았다. 하지만 문득 도처에서 모습을 드러내는 그들의 흔적을 발견하면서 그들과 살았던 땅을 밟고 서서 걷고 있다는 사실에 전율했다. 듣지 않아도 머릿속에 그들의 음악이 떠나지 않았다. 그리고 겨드랑이 아래 투명 날개라도 돋친 것처럼 베토벤, 모차르트, 브람스, 하이든, 슈베르트의 선율 속을 날아다녔다. 빈은 시계를 뒤로 돌려놓은 듯 오래전 사람들의 삶과 음악으로 차고 넘쳤다. 그들이 걷던 길은 그 시절과 크게 다르지 않았고, 나는 그 길을 걷는 것만으로 충분했다.

그렇게 역사적인 장소에 그저 서 있는 것만으로 금세 나는 다른 세상 사람이 됐다. 아, 감동적인 순간. 점점 사라지는 먼지의 운명일지언정 기어이 투명인간이 되어 시공을 초월하는 이 황홀경을 아이가 자주 느끼며 살았으면. 한겨울의 이 고단한 여행이 아이의 풍요로운 감수성의 씨앗이 되었으면.

국경을 넘어
_____

_____
폴란드
_____

국경이라는 단어만큼 신비로운 것이 없었다. 38선은 있어도 국경은 없는 나라, DMZ는 있어도 국경은 없는 나라에 사는 나에게 어려서부터 '국경'이란 단어는 마치 요정의 세계에서 온 말 같았다. 소설 속에서 가끔 "국경을 넘었다"는 구절을 발견하면 이 세상 사람들의 이야기가 아닌 것처럼 느껴지기도 했다. 경험해보지 않은 것에 대한 동경.

여행을 떠나기 전 사준 세계지도를 보면서 아이가 말했다. "엄마, 북한이랑 싸우지만 않았어도 기차랑 자동차로 다 갈 수 있었어! 러시아도, 중국도, 유럽도." 그래, 그러네. 우리는 수십 개의 국경을 넘을 수 있는 사람들이었네. 섬이 아니면서 섬이 되어버린 나라에 살고 있는 아이들. 우리는 어쩌다 국경 없는 나라에 살게 됐을까?

비행기나 기차가 아닌 자동차로 국경을 넘기로 했던 날 나는 조금 들떠 있었다. 행선지는 폴란드였다. 우리는 볼레스와비에츠라는 도자기 마을에 가기로 했다. 폴란드 그릇이 매우 싸고 그 종류도 많다는 이야기를 들은 순간부터 뛰던 가슴은 국경을 넘어간다는 소리에 진정되지 않고 있었다.

유럽을 여행하면서 밤기차로 국경을 넘어봤지만 매번 어디가 국경인 줄도 모르는 채, 검표원이 들어와 여권을 확인할 때가 돼서야, 아 국경을 지나왔구나 짐작했다. 그런데 이번엔 차를 타고 내 눈으로 국경을 바라보며 지나게 된 것이다.

처음엔 차를 빌려 직접 운전을 해 가기로 했으나, 겨울이고 눈이 오면 길이 험해져 위험할 수 있다며 언니가 함께 갈 사람들을 모아 봉고차를 빌렸다. 일행은

국경을 넘어

아이와 나, 세레나 언니, 언니와 함께 일하는 여행사 팀장님, 체코에서 활동하고 있는 유리공예가와 체코장식미술관 큐레이터 부부.

살짝 내리는 눈 사이를 지난 지 한 시간여 프라하를 벗어나 체코 고속도로를 달리고 있을 때 큐레이터 밀란 씨가 말했다. "저 산 너머 있는 둑스 성에서 카사노바가 말년을 보내다 죽었어요." 그 성은 베네치아에 관광객들이 몰려 사진을 찍던 '탄식의 다리'를 유일하게 탈출한 카사노바를 받아준 곳이었다. 카사노바는 그곳에서 도서관 사서로 일하며 말년을 보내다 생을 마감했다. 화려한 베네치아와 다르게 긴 겨울을 견뎌야 하는 체코의 둑스 성에서 무료했던 그는 자신의 삶에 대한 길고 긴 회고록을 썼다. 카사노바 인생에서 빼놓을 수 없는 여자들과의 관계를 매우 자세히 써내려간 『나의 편력』은 후세에 전해져 카사노바라는 이름을 '바람둥이'의 대명사로 만들었다.

카사노바가 매력적이라고 생각하진 않지만, 언젠가 앞부분만 보다 덮어버린 그의 회고록 첫 문장, "나는 내가 인생을 살아오면서 행한 모든 일들이 설령 선한 일이든 악한 일이든 자유인으로서 나의 자유의지에 의해 살아왔음을 고백한다"에는 마음이 조금 끌렸다. 자유인으로 자유의지에 의해 사는 사람이라니. 우리는 자유인으로 자유의지에 의해 살 수 있는 사람인 걸까? 우리는 자유민주주의국가라는데 왜 별로 자유롭다는 생각이 들지 않는 거지? 그때는 부모님도 선생님도 나라마저도 언제나 나를 감시하고 있는 것만 같은 시절이었다.

자유인으로 자유의지에 의해 살다 간 카사노바가 머물던 곳, 그곳을 지나면 나는 처음으로 제대로 자유를 만끽하며 '국경'을 넘게 될 것이었다. 다시 맥박이 빨라졌다.

둑스 성을 지나 또 온 만큼의 시간 동안 달려 드디어 체코와 폴란드의 국경에 도착했을 때 조금 허탈했다. 적어도 '국경'이라 이름 붙은 곳은 팀 버튼의 영화 속 마을처럼 환상적인 느낌일 줄 알았다. 가까이 살면서도 서로 국적이 다르다는 이유로 이루어지지 않은 로맨스들이 여기저기 흩어져 있을 줄 알았다. 단 한 걸음으로 다른 세상으로 나아갈 수 있는 신비로운 기운이 맴돌 거라고 마음대로 짐작했다. 싸움과 미움과 화해와 사랑이 공존할 거라고 생각했다. 그러나 벼르고 벼러 눈을 크게 뜨고 마주한 국경은 고요했다. 아무 일도 일 어나지 않은 채 그저 평화로웠다. 길 한가운데 교통표 지판과 함께 세워진 표시가 그곳이 국경임을 알 수 있는 유일한 것이었다.

무심해 보이는 국경을 덤덤하게 지나며 조금 억울 했다. 이렇게 평화롭기만 한 곳인데 왜 우리에게는 허 락되지 않은 것일까? 에코피아 가평, 물 맑은 고장 양 평, 서울에 오신 걸 환영합니다, 여기서부터 경기도입니 다. 이런 것과 다를 것 없었는데. 특별할 것도 없는 것 을 쉽게 가질 수 없다는 사실이 더 서글펐다.

우리에게도 국경이 있다면 얼마나 좋을까? 부모님 과 선생님에게 자유로워진 지금이지만 나는 진짜 자유 인으로 자유의지에 의해 자유롭게 살아가길 갈망한다.

백발의 할머니가 되어서라도 마음대로 국경을 넘을 수 있는 진짜 자유가 주어진다면, 서울역에서 출발하는 시베리아 횡단열차를 타고 그저 자다 깨다 자다 깨다, 보드카를 홀짝이며 연애소설을 읽는 조용하고 긴 여행 을 하고 싶다.

우리들의 수호천사

베네치아

〈사계〉를 특히 좋아하는 아이가 빈 중앙묘지에서 애타게 찾던 비발디는 오스트리아 빈에서 극빈자로 사망했다. 사제와 고아원 학교 교장으로 오래 일했고, 악보 수입도 넉넉했던 그가 왜 빈민으로 살다 죽었는지 아무도 모른다. 그중에서도 내가 알고 있는 것은 베네치아에서 태어나 베네치아의 풍경을 보며 작곡한 〈사계〉가 뒤늦게 발견돼 지금까지 세기의 명곡으로 알려져 있다는 사실 정도이다.

사제에서 고아원 학교의 교장으로 그리고 다시 음

악가로 떠돌다 빈에서 객사했지만 분명 그의 영혼만은 베네치아에 있을 것이었다. 베네치아는 그랬다. 누구라도 한번 그곳을 경험하면, 몸은 떠나 있을지언정 마음만은 결코 분리시키지 못할 것이 분명했다.

새파란 덮개를 씌워놓은 채 바다 위에 줄지어 떠 있는 곤돌라, 바다를 바라보고 있는 산마르코 광장, 그 광장을 둘러싸고 있는 산마르코 성당과 두칼레 궁전. 가지런히 선 핑크빛 가스등. 이 모든 것들이 햇살과 바람과 공기를 만나 최상의 풍경을 이루고 있었다. 베네치아는 마치 최고의 디자이너가 최고급 원단과 세상의 모든 반짝거리는 장신구를 이용해 만든 드레스처럼 화려했다.

아침을 알리는 종소리가 뎅뎅 울리고 어둠에 몸을 맡겼던 베네치아의 풍경이 다시 눈을 뜨면 환희와 기쁨으로 10년 치 아드레날린이 모두 쏟아져나올 것 같았다. 그러니 그곳은 비발디의 〈사계〉가 탄생한 곳이어야만 했으며, 사랑 없이 살 수 없었던 카사노바의 고향이라는 게 너무도 당연했고, 자신의 신분을 감추고 새로운 연인을 찾는 가면 축제가 흥행할 수밖에 없는 땅이었다.

그러나 그 땅을 더욱 흥미롭게 만든 것은 오랜 세월을 거치며 삶의 흔적이 더욱 공고해진 골목들이었다. 마치 처음부터 그러기로 약속이라도 한 듯 몇몇 작은 광장과 리알토 다리 앞을 제외한 대부분의 땅들이 골목으로 이어져 있었다.

골목들은 저마다의 얼굴을 가지고 있어서, 비슷하면서 전부 달랐다. 기념품가게들이 늘어선 골목, 작은 광장을 연결하는 골목, 옛 유적지가 있던 골목, 사람들의 숨소리만 들리던 골목, 음식 냄새를 풍기던 골목, 빨간 립스틱과 같은 색 스웨터를 맞춰 입은 노부부가 산책하던 골목, 손님을 애타게 기다리는 곤돌리에를 만날 수 있는 골목, 운하로 안내하는 골목, 널어놓은 하얀 시트가 하늘 위로 펄럭이던 골목, 그가 살고 있는 골목, 그녀가 머무는 골목.

각자의 얼굴을 가지고 있는 골목들을 샅샅이 걸으며 수많은 시간을 거쳐 그 골목 위에 흩뿌려졌을 이야기들을 상상하며 홀린 듯 골목을 누볐다. 발길 닿는 대로 걸었다. 걷다가 지쳐 가끔 힘이 들면 젤라토나 핫초

우리들의 수호천사

콜릿을 사 먹었다. 그러다 밤이 오면 베네치아에 반해 단박에 베네치아노가 된 수많은 이방인들 틈에서 최고의 파스타를 안주 삼아 와인을 마셨고 제법 점잖은 여행객인 아이는 마르게리타 피자 한 판을 말끔하게 비웠다. 이탈리아에서 생산한 재료로 만든 신선한 진짜 이탈리아 음식을 먹으며 이렇게 완벽한 하루에 감사했다. 미처 알지 못한 다른 세상에 편입한 느낌이었다. 20여 년 전의 그날과 같았다.

중학교 졸업식 날이었다. 대모님인 세레나 언니가 졸업기념으로 저녁을 사줄 테니 저녁 몇 시에 어디서 보자고 했다. 저녁에 엄마 아빠가 아닌 사람과 밥을 먹기 위해 개인적인 약속을 해보기는 처음이었다. 나는 그것부터 신기했다. 언니는 연안부두인지 월미도인지 정확히 기억이 나지 않지만 어쨌든 바다에 떠 있는 배를 개조해 만든 레스토랑으로 날 데려갔다. 잠수함처럼 둥근 창문이 난 자리에 앉아 양식을 먹었다. 그날 무슨 얘기를 했는지는 전혀 기억에 없다. 다만 언니도 평소보다 예쁘게 차려 입었다는 것, 포크와 나이프를 들고 썰면서 먹었다는 것, 왠지 어른들의 세계에 들어간 것 같아 내내 콩닥거렸다는 것이 또렷하게 떠오른다. 그날도 난 완벽한 식사에 감사했고, 지금도 종종 그 첫 경험을 잊지 못하고 언니에게 이야기하곤 한다.

언니는 그런 사람이었다. 편찮은 어머니와 함께 지내기 위해 서울에서의 일을 접고 성당 일을 시작한 언니는 우리 모두의 대모 같은 존재였다. 슬픈 소식도 기쁜 소식도 언니는 제일 먼저 알고 있었다. 아이들을 화해시키고, 친구를 만들어주는 것도, 칭찬도 위로도 전부 언니의 몫이었다. 제각각이던 학생들과 청년들은 언니를 중심으로 질서를 잡아갔다. 덕분에 가족처럼 서로를 걱정해주는 관계로 발전된 우리들은 늘 단합이 잘 됐다.

그러던 언니가 30대 중반의 나이 따위 개의치 않고 공부하기 위해 영국으로 떠났을 무렵부터 우리는 뿔뿔이 흩어졌다. 언니는 다시 돌아오지 않았다. 우리도 나이를 먹으며 각자의 삶이 생겼고, 새로운 가족이 생겼다. 어릴 때부터 교과서 중에 사회과부도를 제일 좋아했다는 언니는 전문 가이드가 돼 유럽에서 새로운 인생을 시작했다. 런던에서 빈, 폴란드로, 이제는 10년째 프

우리들의 수호천사

라하에 살고 있다. 그럼에도 그 먼 거리에서 아직까지 언니는 잃어버린 누군가의 소식을 전해준다. 같은 하늘 아래 살고 있는 우리들보다 더 우리의 소식을 잘 알고 있는 언니. 몇 년에 한 번 언니가 한국에 나올 때면 평소 얼굴을 보지 않고 지내던 추억 속의 사람들이 모여 왁자하게 지난 얘기를 하면서 즐거운 시간을 보낸다.

베네치아는 처음부터 일정에 포함되지 않았다. 이번 여행의 절정이었던 베네치아를 일정에 넣을 수 있었던 건 전적으로 세레나 언니의 도움이 컸다. 처음 여행을 계획할 때 두 번 고민도 없이 프라하 행을 선택한 것은 프라하의 낭만과, 프라하에서 기차로 반나절이면 갈 수 있는 빈을 다시 찾아 지난번에 보지 못한 곳들을 살펴보겠다는 의지도 있었지만 세레나 언니가 살고 있다는 곳이기 때문이기도 했다. 나의 동유럽 친정 프라하.

베네치아는 이제껏 다녔던 어떤 여행지보다 돋보였다. 돌아가기 아쉬울 정도였다. 혼자였다면 미리 잡아 놓은 스케줄 같은 것 다 무시하고 며칠은 더 묵고 갔을 것이다. 나는 떠나면서 다음 여행지도 베네치아라고 다짐했다.

다시 버스배를 타고 한 시간 마르코폴로 공항으로 가는 길 점점 멀어지는 베네치아를 바라보았다. 지금 이렇게 헤어지지만, 베네치아는 분명 우리의 수호천사가 되어줄 것 같았다. 아름다운 베네치아의 햇살을 떠올리는 것만으로 지친 일상에 기운을 불어넣어줄 거라는 믿음이 생겼다.

초등학교 입학 기념 여행이라고는 하나 그래도 아직 미취학인 아동과의 장거리 여행. 믿고 의지할 누군가가 있는 곳이 여러모로 서로에게 마음이 편했다. 세레나 언니에게 여행 계획을 이야기했을 때 언니는 두 팔 벌려 환영해줬다. 마침 겨울 시즌이라 일이 많지 않으니 함께 다녀주겠다며, 여행 루트도 함께 고민해주고 여러 가지 정보를 전해주는 것도 모자라 선뜻 방을 내줬다.

언니가 없었다면 아이가 좋아하는 무제움 크바르티어 바로 뒤의 부티크 호텔을 예약할 수도 없었을 것이고, 카를 다리 아래 '브란젤리나' 가족이 와서 놀았다는 놀이터에 가보지도 못했을 터이며, 국립극장에서 〈호두까기인형〉 발레공연을 볼 생각도 안 했을 테고,

우리들의 수호천사

페트르진 타워가 사실은 에펠이 설계했지만 체코 국고 사정으로 인해 에펠탑의 60분의 1로 축소돼 지어졌다는 프라하 곳곳의 깨알 같은 정보도 알 수 없었을 것이고, 봉고차를 빌려 국경을 넘어 폴란드 당일치기 여행을 다녀올 생각은 꿈에도 하지 않았을 것이다.

생각해보니 이번 여행에서의 수호천사는 세레나 언니였다. 언니 덕에 나는 아이와 함께 별 탈 없이 무사하게 긴 여행을 마칠 수 있었다. 원래 잘 안 그러는데 공항에서 출국장으로 들어가며 찔끔 눈물이 났다. 바이바이, 우리 세 사람의 팔목에 산마르코 성당에서 산 유리알로 된 묵주 팔찌가 반짝이며 함께 흔들렸다. 다시 만날 그날까지, 안녕 언니.

네가 있어 정말 행복했단다

다시, 프라하

바츨라프 하벨 공항에서 본 광고 기억하니? 프라하에서 출발하는 비행기들이 가는 도시를 표시해놓았는데, 그곳에 너의 이름이 있었지. 대모님이 체코에서는 서울을 SOUL로 표기한다고 알려주지 않았다면 도대체 저게 무슨 뜻인가 했을 거야. 여행이란 모든 순간에 의미를 부여하는 법이라, 엄마는 그때 호들갑을 떨었지. 네가 처음 밟은 유럽 땅인 프라하에서 서울을 SOUL로 표기하는 건 대단한 인연이라면서 말야.

엄마는 여행을 하는 내내 여러 번 너에게 물었어. 장

소를 옮길 때마다 재미있었느냐고, 뭐가 제일 좋았냐고. 그럴 때마다 너의 대답이 "좋아!" 한마디로 끝나는 게 아쉬워, 그러니까 뭐가 좋으냐고 집요하게 묻고 또 물었지. 그러면 착한 심성을 가진 너는 엄마 마음을 이해한다는 듯, 키즈뮤지엄 줌에 간 것도 좋았고 〈호두까기인형〉 발레를 본 것도 좋았고, 마리오네트 인형을 산 것도 좋았다고 자세히 얘기해주곤 했다.

돌아오는 비행기 안에서 한참을 자고 일어나 구름 덮인 창공을 바라보며 "뭐야, 아직도 알프스야?"라고 해서 얼마나 웃었던지. 프라하에서 알프스를 넘어 베네치아로 갔던 걸 생각하면서 비행기 아래 보이는 하얀 것은 다 알프스라고 생각하는 아직 어린 너에게 뭘 그렇게 느끼고 감동하라고 채근했나 후회와 반성이 밀려왔다. 아니라곤 하지만 마음 한편에서는 이왕 먼 곳으로 여행을 왔으니 많은 걸 배우고 느끼고 갔으면 한다는 욕심이 자라고 있었던 것 같다. 미안해. 그저 네가 밟고 있는 그 땅 위에서 수많은 위대한 음악가들의 아름다운 선율이 완성됐다는 걸 알았으면, 음악가가 되기를 바라진 않지만 음악으로 행복한 삶을 누릴 수 있으면 하는 엄마의 마음을 이해해주길.

일하느라 여기저기 너를 맡기고, 다른 엄마들처럼 헌신하지도 않는 엄마에게 너처럼 착한 아이가 와줬을까? 엄마는 말이다, 네가 있어 특별해졌단다. 너를 낳은 그 순간부터, 너의 엄마가 되는 바로 그때부터 별 볼일 없이 살던 이재영이라는 사람이 단박에 특별한 사람이 됐단다. 네가 있어 엄마의 이야기들이 더 빛나고 아름다워졌단다. 나의 딸로 태어나줘서 정말 고마워.

사실 여행은 고행이야. 편안하고 익숙한 것들에서 벗어나 누구도 반겨주지 않는 낯선 곳에서 모든 것을 새로 시작해야 하는 두려운 길이지. 그래도 엄마는 네가 그 고행의 길을 자주 떠났으면 좋겠다. 나를 특별하게 만들어준 너에게, 엄마가 너를 특별하게 만들어줄 수 있는 건 고작 이런 것이란다. 새로운 것을 보여주고, 부딪혀보는 방법을 알려주는 것뿐이란다.

그러니 나의 딸, 우리 조금 고되더라도 앞으로도 더 자주 길 위에 서자. 너의 지난 생일날 아침 우리는 눈을 뜨자마자, "만난 지 벌써 7년째네. 앞으로도 사이좋게 지내자" 하고 말했지. 언젠가 네가 다른 좋은 파트너를 찾을 때까지 그때까지만 엄마는 너의 여행 파트너로 사이좋게 지내고 싶어.

이번에 만난 아름다운 베네치아의 골목골목을, 빈 중앙묘지와 왕궁 그리고 발길이 닿았던 거리 곳곳을, 블타바 강을 바라보며 듣던 스메타나의 〈나의 조국〉을, 드보르작의 〈신세계 교향곡〉을 기억하지 않아도 된다. 다만, 여덟 살 겨울 엄마와 함께 걸으며 꼭 잡았던 손의 감촉을 잊지 말아주렴. 너로 인해 그 어느 때보다 특별했던 서른여덟 엄마의 모습을 기억해주렴. 엄마는 정말 행복했단다. 너와 함께해서.

고맙습니다

겨우내 책을 준비했다. 산이 많은 고장이라 유독 겨울이면 기온이 낮은데, 이상기후로 눈까지 많이 내려 더 추웠다. 난로가 없었다면 아마 견디지 못했을 것이다. 다행히 '족장'이라는 새로운 별명이 붙은 남편이 먼저 일어나 난로에 불을 붙여주었다. 밤을 새고 아무리 피곤해도 무거운 장작을 올려 매일 아침 일찍 난로를 피워주었다. 이 사람이 있어 우리 가족이 정글 같은 세상에서 배부르고 등 따습게 살 수 있구나, 올 겨울 새삼스럽게 생각했다. 족장님 덕에 따뜻한 장작불 앞에서 원고를 쓸 수 있었다. 영우 족장님 고마워요. 잘 보이진 않지만 겨드랑이 아래 돋아난 나의 작은 날개는 다 당신 덕이랍니다.

연말이면 찾아가던 압구정 사주카페 김선생이 이런 말을 했다. "자식 복이 있어요. 아이가 마른 나무에 꽃이네." 그때는 그냥 아이 갖는 걸 겁내지 말라는 뜻으로 한 얘기이거니 했다. 그런데 아이를 낳고 보니, 김선생의 예언대로 인생이 정말 꽃나무처럼 향긋해졌다. 김선생의 말은 비단 나에게만 국한된 사주풀이가 아닐 것이다. 엄마가 됐다는 이유 하나로 우리는 모두 향기롭고 아름답다. 그래서 매우 특별하다. 그걸 이제야 조금 알겠다.

솔직히 엄마가 되고 이제 주인공은 내가 아니구나, 내 인생은 끝이구나 생각하기도 했다. 그러나 정반대였다. 내 인생 속에 아이와 남편이라는 새로운 등장인물들이 삶을 더욱 풍성하게 해주었다. 그들은 언제나 주인공인 나를 위해 든든한 배경이 되어주었다. 그들처럼 나도 그들을 위해 기꺼이 배경이 되어줄 생각이다. 내 삶을 풍요롭게 만들어주는 두 김씨들, 가슴 깊이 고맙습니다.

더불어 기다림과 수고를 아끼지 않은, 서로 클클댈 수 있어 참 좋은 출판사 클 직원 여러분도 감사해요.

드디어 꽃 피는 봄
이재영

개정판을 내며

막바지 더위를 피해 계곡 앞 카페로 나들이를 갔다. 시원한 물에 발을 담그고 커피를 마실 생각을 나만 하는 게 아니었는지 카페 주차장에 차가 제법 많았다. 마침 주차된 차에 시동이 켜졌다. 그 자리에 주차를 하면 될 것 같았다. 브레이크를 밟고 주인이 차를 빼기를 기다렸다. 계곡과 이어지는 계단에서 아이를 안은 남자와 여자가 나타났다.

먼저 도착한 여자가 차 문을 열고 열기를 뺐다. 조금 뒤 아이를 안고 손에 가득 짐을 든 남자가 와서 여자에게 아이를 건넸다. 남자는 바로 트렁크를 열어 짐을 정리했다. 아이스박스, 대형마트의 커다란 장바구니, 오리 모양의 튜브, 모래놀이 세트, 유모차를 차곡차곡 실었다. 여자는 목이 오른쪽으로 완전히 기운 채 코알라처럼 안겨 있는 아이를 뒷좌석 카시트에 앉혔다. 카시트의 벨트를 채우고 여자는 돌아가 조수석에 탔다. 남자는 두고 가는 건 없는지 다시 한번 확인하고 운전석에 올랐다.

계곡에 발을 담그고 커피를 마시고 온 그날도 그다음날도 또 그다음날도 아니 그보다 더 오래 그러니까 지금까지도 자주 그 풍경을 떠올린다. 나에게도 존재했던 풍경. 천천히 앞차의 트렁크가 닫히고 유리창으로 비친 오리 모양 튜브가 사라져간 그 시간 이후 나는 이렇게 말하게 됐다.

"다시 돌아오지 않는 그 시절, 아이를 키웠던 그때가 나의 화양연화였어. 내 인생의 정점, 가장 아름답고 눈부셨던 때."

『나에게도 햇살을―짧은 휴가를 떠난 엄마가 마주한 눈부신 순간들』은 그때의 기록이다.

10여 년이 지난 지금 나는 제법 어른이 됐다. 얼마 전엔 일주일 간격으로 경사와 조사 소식을 듣고 결혼식장과 장례식장에 다녀왔다. 축의금과 조의금을 내고, 당사자들과 인사를 나누고 돌아왔다. 일로 만난 분들이라 일행 없이 혼자 가서 인사를 하면서 아 이런 것이 어른의 삶이지, 싶었다. 또 그 얼마 전엔 교육방송 다큐멘터리에 출연했는데 적당히 나이 먹은 나의 모습을 담담하게 받아들였다. '피부가 왜 저래'가 아니라 '내가 저렇게 생겼구나' 인정하며 '오호, 어른이 다 되었군' 스스로 대견했다.

요즘의 나는 괜한 허세가 줄어들었고, 타인에게 잘 보이기보다 자신에게 집중하는 데 에너지를 쓰려고 노력 중이다. 어떤 일이든 나에게 맞게 나의 기준으로 선택하는 완연한 어른으로 나아가고 있다. 지난 10여 년 매일매일 똑같은 선을 긋는 추상화가처럼 별다르지 않는 하루를 보내며 살았다고 생각했는데 10년의 캔버스를 펼쳐보니 그럴듯한 작품이 그려졌다.

10여 년 전만큼 눈부시진 않지만 어른이 된 내 삶은 그럭저럭 따뜻하다. 그 적당한 온도는 눈부신 순간

만끽했던 햇살 같은 여행 덕이라고 생각한다. 나를 찾겠다고 버둥대며 떠났던 짧거나 길었던 시간들이 지금도 잉걸불로 남아 삶을 데워주고 있다. 그러니 이 책을 읽은 사람들 모두 당장 일어나 짧거나 긴 여행을 떠나길. 눈부신 시절의 여행이란 연금보험과 비슷해서 두고두고 삶을 지켜낼 수 있는 힘이 되어준다.

이 책의 원래 제목은 『예쁘다고 말해줄걸 그랬어』였다. 이 책을 읽고 누구에게든 예쁘다고 말해줄 수 있었으면 좋겠다. 각박한 세상에서 서로에게 예쁘다는 말을 건네면 정말 좋겠다. 이 책이 삶에 치여 예쁜 걸 예쁘다고 생각하지 못하고 지나가버리는 독자들에게 한 번쯤 찬찬히 얼마나 예쁜 순간을 살고 있는지 깨닫게 해준다면 더할 나위 없이 좋겠다.

덧붙여 눈부신 순간을 맞은, 눈부신 순간을 앞둔, 여전히 눈부신 독자들에게 예쁘다고 말해주고 싶다. 또 한 사람, 새롭게 잘 다듬어 개정판을 만들어준 나의 편집자 강가연 님에게도.

2024년의 짧고 소중한 가을, 이재영

254

『나에게도 햇살을』은 2013년에 출간된 『예쁘다고 말해줄걸 그랬어』의
개정판 도서입니다.

나에게도 햇살을

1판1쇄 펴냄 2013년 4월 20일
2판1쇄 펴냄 2024년 10월 30일

지은이 이재영

펴낸이 김경태
편집 조현주 홍경화 강가연 **디자인** 박정영 김재현
마케팅 유진선 강주영

펴낸곳 (주)출판사 클
출판등록 2012년 1월 5일 제311-2012-02호
주소 03385 서울시 은평구 연서로26길 25-6
전화 070-4176-4680 **팩스** 02-354-4680
이메일 bookkl@bookkl.com

ISBN 979-11-94374-01-5 03810

출판사 클의 책을
만나보세요.